버티다 버티다 힘들면 놓아도 된다

세로 글자는 보통 오른쪽부터 왼쪽으로 읽지만, 이 책에서는 저자 고유의
표현 방식을 살려 세로 글자를 모두 왼쪽부터 오른쪽으로 읽게끔 내용을
구성하였습니다.

버티다 버티다 힘들면 놓아도 된다

윤지비 이야기

누구에게나 우울한 날이 있다.

힘든데 웃어야 할 때

슬픈데 밝아야 할 때

아픈데 아프지 않다고 해야 할 때

그럴 때 마음은 우울해진다.

그런 날을 만났다면

잠시 우울한 마음을 내려놓고

우울함을 극복했던

그녀의 이야기를 들어 보면 좋겠다.

그녀는 말한다.

우울한 그 순간이

진짜 내 마음을 꺼내야 할 때라고.

힘들다 말하지 못해

슬프다 말하지 못해

아프다 말하지 못해

그동안 많이 참아 왔기 때문에

우울한 날을 만난 거라고.

차례

처음 이야기

1 우울증 초기 증상들

2 아픔에서 한 걸음이라도 멀어져 보자

4 버티다 버티다 힘들면 놓아도 돼요

5 일상이 행복으로 돌아오다

6 윤지비 Q&A

처음
이야기

우울증이 찾아온 날

'2015년 하반기 공채 신입 사원
최종 합격을 축하드립니다.'

회사를 처음 들어갔을 때 정말 기뻤다. 모두가 가고 싶
어 하는 대기업이었고, 사회적으로 안정된 직장이라 여겨
지는 곳이었다. 무엇보다 부모님의 자랑이 된 것 같아 기뻤
다. 마치 사회적으로 성공한 사람처럼 느껴져서 그간의 노
력과 고생들이 모두 보상받는 기분이었다.

하지만 이 기분도 얼마 가지 않았다. 나는 직장 생활

이 가시밭길일 거라고는, 내가 그렇게 입사를 기뻐했던 회사를 퇴사하게 될 줄은 꿈에도 몰랐다. 살면서 사람들로부터 들어 본 핀잔이라곤 "너는 왜 이렇게 웃음이 많아?", "웃음이 너무 헤퍼"라는 말이었을 정도로 어릴 적부터 늘 밝고 웃음이 많았던 나였다. 하지만 회사에 입사해서 나의 이런 모습은 상사의 지적의 대상이 되었다.

웃는다고 혼이 났고, 혼을 내도 힘들어 보이지 않는다며 또 혼이 났다. 상사는 업무적인 부분이 아닌 인격적으로 몰아세우고 지적하고 탓하기 시작했다. 그때마다 나도 나를 탓했다.

나는 왜 웃음이 많을까.

나는 왜 밝을까.

나는 왜 상사의 마음에 들지 못할까….

나는 늘 나에게 상처 주는 사람에게

맞춰 주기 위해 노력했다.

지금 와서 생각해 보면 나를 인격적으로 지적하던 그 사람은 '좋은 사람'이 아니었다. 상사는 나보다 어른이었고 나이가 들면 자연스레 성숙한 어른이 될 줄 알았는데 현실은 그렇지 않았다.

나는 속상한 마음과는 다르게 아무 일도 없었던 양, 다음 날이면 활짝 웃으며 출근했다. 아픔만큼 밝은 척했다. 마음은 우는데 얼굴은 웃었다. 그리고 어느 날 버티고 버티던 마음에 깊고 깊은 병이 찾아왔다.

나는 오랫동안 우울증과 사회불안장애(일상생활에서 불안한 마음이 자주 들고 사람들과의 소통이 어렵게 느껴져서 점점 사람들을 피하게 된다)를 앓게 되었다. 예고 없이 마음에 병이 찾아왔고 그렇게 오랜 시간을 아파했다.

이 책은 다른 사람의 마음을 너무 깊게 신경 쓰느라
자신의 마음을 돌보지 못해, 깊은 우울의 감정을
만난 사람을 위해 쓴 책이다.

우울증을 겪으며 놀라운 사실을 알게 되었다. 많은 사람들이 우울증에 걸려 건강한 생활을 하지 못하면서도 자신이 우울증이라는 사실을 모른 채 살아간다는 것이다.

깊은 우울에 빠지면 이미 몸과 마음이 지친 상태라 작은 일에도 쉽게 예민해지고 자주 감정 기복이 심해진다.

아픈 마음으로 세상을 바라보면 작은 일에도
불안해지고 작은 말에도 쉽게 상처받으면서
인간관계를 이어 나가기 어려워진다.

나의 우울증 이야기를 고백하면서 우울증이 찾아왔을
때 겪은 우울증 증상과 우울증을 극복하면서 전혀 다른 시
각으로 세상을 바라보게 되고 행복한 마음을 되찾게 된 과
정을 글로 적었다.

이 책을 쓰기까지 오랜 시간이 걸렸다. 책장을 넘기는
당신이 행복했으면 좋겠다. 내가 마음이 많이 아플 때 가끔
속으로 기도했다.

누군가는 나의 마음을 알아주길.
어디에 있든 아프지 않길.
어디에 있든 행복하길.

예고 없이 찾아온 우울한 시간을 당신이 잘 지나갈 수
있기를 진심을 다해 기도한다.

거절하지 못하는 나

　나는 모두 알 만한 대기업에 입사했다. 하지만 입사 후에는 늘 상사로부터 크게 혼났다. 업무와 관련이 없는 일들… 예를 들어, 부서 직원 전체가 사용하는 냉장고에서 유통 기한이 지난 음식을 매일 혼자 다 버리도록 시켰는데, 청소 후 음식물 쓰레기통 주변에 조금이라도 흔적이 남아 있는 날에는 모두 보는 앞에서 나를 앞에 세워 놓고 질책했다. 또 어느 날은 화분에 물 주기를 상사가 별도로 지시했는데 연휴 끝에 화분이 말라 있자, 나를 복도에 불러 세워 왜 화분에 물을 주지 않았는지 따지듯 물었고 크게 혼이 났다. 출근 시간 외에도 화분을 따로 관리해야 된다는 것이었다.

돌이켜 생각해 보면 내가 혼날 일이 아니었는데, 혼자 할 일도 아니었는데 이런 일들로 거의 매일 무시를 당하고 혼이 났다. 처음에는 버틸 만했지만 마음에 무게가 쌓이고 쌓이다 보니 나는 어느새 점점 작아지고 있었다.

그 후로 어떤 일 하나를 하더라도 불안감에 시달렸다. 그 불안감이 실수를 낳고, 실수의 실수를 낳았다. 누구나 실수를 할 수 있지만 이미 지칠 대로 지치고 약해질 대로 약해져 버린 나에게 그 실수는 큰 자책으로 다가왔다.

지금에서야 생각한다. 사람들이 내게 함부로 대할 때 그렇게 하도록 내버려 두지 말았어야 한다. 몇몇 상사들의 인격적인 모독에 신입이니까 참을 수밖에 없다고 생각했다. 상사가 불합리한 일을 시켜도, 그리고 그것으로 납득하기 어려운 야단을 맞아도 신입이니까 참아야 한다 생각했다. 하지만 아무리 신입이어도 모든 걸 참을 순 없고, 참아서도 안 된다는 사실을 우울증에 걸리고 나서야 깨달았다.

지금도 어디서부터 어떻게 잘못되었던 건지,
어디서부터 퍼즐이 잘못 맞춰진 건지 생각할 때가 있다.
그럼 나는 항상 예스맨이었던 나를 떠올린다.

누구의 부탁이든 거절하지 못했던,
거절하는 방법도 몰랐던 나.
스스로를 지키는 방법을 몰랐기에
뒤돌아서서 홀로 아파했던 나의 모습이 보인다.

1부 우울증 초기 증상들

· 사람들의 시선을 지나치게 의식했다
· 무기력-해야 할 일들을 점점 미루기 시작했다
· 나를 힘들게 하는 것에서는 예민해지지만
  그 외의 시간은 무감각해졌다
· 식욕 감퇴 또는 폭증
· 불면증이 찾아왔다
· 생각을 멈추고 싶어도 멈출 수 없다
· 완벽주의-숨이 막힐 정도로 실수하면 안 된다는 생각
· 점점 겉돌고 사람들과 어울리지 못했다
· 공황장애
· 선택에 대한 자기 확신 부족, 분노 조절 어려움

사람들의 시선을 지나치게 의식했다

하루하루 마음의 컨디션에 따라 천국과 지옥을 오갔
다. 약속을 잡을 땐 "그날 컨디션을 봐야 할 것 같은데", 약
속이 있는 날에는 "컨디션이 안 좋아서 오늘 못 갈 것 같아"
라고 말했다. 한두 번쯤은 괜찮을지 몰라도 이런 일이 계속
반복되다 보니 지인들도 나를 이해하기 어려웠을 것 같다.
그러나 그때의 나는 어쩔 수가 없었다. 내 마음의 컨디션은
늘 남이 결정했다.

혼자 있을 때 남이 나에게 어떤 말과 행동을 했는지 생
각하는 것에 정신이 온통 쏠려 있었다. 그나마 집중하고 싶

은 것에 집중할 때 컨디션이 괜찮아져서 마음에 여유가 생기면 주위 사람들을 만날 수 있었지만 그것도 잠시뿐이었다.

　시간이 지나 다른 사람들이 나를 어떻게 볼까란 생각이 떠올랐고 그 생각을 멈추거나 떨쳐 내고 싶어도 마음처럼 되지 않았다. 그러다 보면 다시 컨디션이 안 좋아졌다. 마음의 컨디션이 좋지 않을 때는 단순히 피곤하다, 지친다의 느낌이 아니었다. 친구들을 만나 밥을 먹고 대화를 나누는 등의 일상생활이 어렵게 느껴지는 수준이었다.

무기력

해야 할 일들을 점점 미루기 시작했다

　해야 할 일을 미루고 놓치기 시작했다. 각종 공과금, 관리비 꼬박꼬박 내기 등 내 삶에 필수적으로 따라오는 제반 사항에 대한 관리를 제대로 못 하기 시작했다. 어느 정도냐면 몇 개월 동안 수도세와 전기세를 납부하지 않아 곧 전기가 끊긴다며 경고장이 날아올 만큼 심각한 수준으로 관리를 못 했다.

　나는 원래 10원 단위도 꼼꼼하게 확인하고 착실하게 가계부를 쓰는 사람이었다. 그렇게 돈 관리에 철저했던 내가, 납부를 미루고 관리를 놓치기 시작한 것이다. 그뿐만 아니라, 회사 일이 끝나고 집으로 돌아오면 어떤 것도 하고 싶지 않았다. 화장조차 지울 수 없었고, 방 청소도 하지 않았다. 그저 녹초가 되어 기절하듯 쓰러졌다. 주말이 되어도 집 밖으로 나가지 않았고 하루 종일 잠만 잤다.

무기력해지기 전에는 운동하는 것을 좋아해서 대학 시절부터 5년 동안 꾸준히, 주말을 제외한 모든 날을 헬스장에 갔다. 그런데 헬스장에 가는 빈도가 줄어들기 시작했고 그 간격도 길어지더니 끝내 다니지 않게 되었다.

그땐 바빠서 못 하는 거라고 생각했는데,
무기력과 미루는 습관들이
모두 지친 마음에서 비롯된 일종의
우울 증상이라는 걸 깨달았다.

퇴사를 하고 우울증이 나아진 지금은 엄청 꼼꼼하게는 아니지만, 적어도 매달 날아오는 지로 용지에 꼬박 응답한다. 1분도 안 걸리는 일을 몇 달 동안 미루며 버티지는 않는다. 이제 나에게 그런 일은 일어나지 않는다.

나를 힘들게 하는 것에서는 예민해지지만
그 외의 시간은 무감각해졌다

나를 힘들게 하는 대상(회사와 관련된 일들)에는 극도로 예민해지고 쉽게 감정이 폭발하곤 했지만 그 외의 일들에서는 감정이 사라진 듯했다. 아무런 감정이 들지 않았다.

영화 '인사이드 아웃'을 보면 모든 사람들의 머릿속엔 '감정 컨트롤 본부'가 있으며 그곳엔 '기쁨, 슬픔, 버럭, 까칠, 소심'이 존재한다. 이 다섯 가지 감정이 인간의 머릿속에서 상황에 맞는 판단과 표현을 하도록 돕는다는 내용이 나온다. 그때의 나에게는 '기쁨'이 존재하지 않는 것은 물론이거니와, 회사 일이 아니면 '슬픔, 버럭, 까칠, 소심' 역시 존재하지 않았다.

감정이 없는 상태였다. 감정이 없으니 다른 사람의 말에 공감은 물론 판단도, 이해도 되지 않았다. 어떤 말을 들어도 공감이나 이해, 판단이 서지 않으니 내 머릿속엔 오로지 물음표만 가득했다. 내 몸은 감각이 몽땅 사라져 버린 듯했고, 내 머리는 아무것도 사유할 수 없는 존재 같았다. 마치 기계가 된 것 같았다.

몸이 아프더라도 '아프면 안 되는데…'나, '왜 아프지? 병원을 가야 할까?' 이런 사고조차 하지 못했다. 아픈 것보다 회사 사람들에게 미움받지 않는 게, 상사한테 질책받지 않는 게 더 중요했다. 마음이 아프면서, 마음이 행동을 지배한다는 걸 깨달았다. 아파도 몸을 혹사시켜 일을 했고, 아프면 안 된다고 스스로에게 다그쳤다. 마음속은 이렇게 전쟁터였지만 신기하게도 늘 아무렇지 않은 척했다.

타인을 지나치게 의식하는 행위는,
점점 내 몸과 마음에는 소홀하도록 만들었다.

식욕 감퇴 또는 폭증

돌아보면 마음이 건강하지 못하다는 신호가 많았다.
몸과 마음은 계속 위험 신호를 보내고 있었지만
눈치채지 못했다.

처음 드러난 증상은 식욕 감퇴였다. 어렸을 때부터 밥을 너무 잘 먹어서, 웃기지만 학교 다닐 때도 급식 시간만 되면 1등 먹보였다. 밥 잘 먹는다는 칭찬을 어마어마하게 들으면서 자랐다. 심지어 "남편이 너 밥 먹는 모습에 반했지?"라는 이야기를 들을 정도로 복스럽게 먹는다는 이야기를 수없이 들어 왔다.

그렇게 밥을 좋아하고 잘 먹던 내가 어느 순간부터 밥을 먹지 못하기 시작했다. 점심시간에 팀원들이랑 같이 밥을 먹어도 한 숟가락 뜨면 많이 먹은 편이었다. 한입에 밥알 5개 정도를 깨작거리며 겨우 먹었다. 몇 달 만에 살이 5kg이나 빠졌다.

특이한 건 회사에서만 못 먹었다는 점이었다. 회사에서는 하루 종일 거의 굶다시피 했다. 그러다 당시 남자친구였던 지금의 남편이 저녁에 나를 보살피기 위해 근무지인 지방에서 서울로 올라오면 그제야 하루치 식사를 몰아서 해결하곤 했다. 그렇게 겨우 연명되는 하루하루였다.

나중에 치료 과정에서 우울감이 깊어지면 반대로 식욕이 늘어나기도 한다는 것을 알게 되었다. 나를 힘들게 하는 사람들 앞에서는 못 먹지만 혼자 있으면 많이 먹는 경우다. 마음의 불안과 공허함을 채우기 위함이다. 그래서 체중이 급격히 증가되기도 한다고 한다. 아예 잘 못 먹거나 너무 많이 먹게 되거나….

나는 잘 먹지도 못하고, 잠도 잘 자지 못하는 쪽이었다. 일주일 동안 10시간도 못 잤다. 누가 봐도 비정상적인 수면 시간이다. 수면 시간만 봐도 몸에 문제가 생기지 않을 수가 없는 상태였다. 그럼에도 불구하고 이게 몸이 보내는 위험 신호인지도 모른 채, 당시에는 내 몸에서 나타나는 어떤 이상 증상에도 무감각했다. 그저 '스트레스를 받아서 그런 거겠지' 정도로밖에 생각을 못 했던 것 같다. 나를 돌볼 여유가 없었다.

누군가 나를 미워한다는 사실이 너무 힘들었고, 그것에만 신경 쓰느라 몸 상태와 마음 상태를 돌볼 여력이 없었다.

불면증이 찾아왔다

아무리 몸이 피곤해도 생각이 많아서 잠을 못 자는 사람이 있다. 그게 바로 나였다. 나의 불면증은 우울증의 아주 초반부터 나타났다. 처음에는 처리해야 할 일이 너무 많아 일을 하느라 잠을 못 잤는데, 이게 고질적이다 보니 일을 다 끝낸 새벽 2~3시 즈음부터는 오히려 정신이 깨어나기 시작했다. 몸도 마음도 지치고 힘들었기에 정말 잠을 자고 싶었다.

하지만 마음에 근심이 있으니 잠을 제대로 잘 수가 없었다. 잠을 자려고 하면, 나에게 찾아오는 고요함을 견딜 수 없었다. 그 순간엔 해야 될 일이나 할 수 있는 일이 없다 보니 생각을 제어할 수 없었다. 나에게 수백 가지 질문을 던졌다. 오늘 하루 어떤 일이 있었는지, 상사가 어떤 말을 했는지, 그리고 오늘 업무는 잘 끝냈는지부터 내일 해야 될 일은 뭐가 있는지까지 계속해서 떠올렸다. 그렇게 질문과 대답이 끝없이 이어지다가 점점 더 가중되는 불안에 잠들지 못했다.

매일매일 피로해서 눈이 시뻘게져 있었고 정신도 늘 멍해 있었다. 잠을 잘 자는 사람들이 세상에서 제일 부러웠다.

잠을 자기 위해 별의별 방법들을 동원했다. 인터넷에 나오는 방법대로 따뜻한 우유를 마시거나, 캐모마일 차를 마시고, 운동을 해보거나, 명상을 하기도 했고, ASMR을 듣거나, 온몸에 힘이 풀리는 편안한 자세를 따라 하기도 했다. 약을 먹거나 인터넷에 나오는 온갖 방법들을 전부 시도해 본 것 같다. 잠이 너무나도 부족한 상태였지만 그럼에도 잠에 절대 들지 못했다.

한번은 술기운에라도 잠을 자보려고 한 적이 있다. 여행을 가서 사와 놓고는 오랫동안 한편에 방치해 두었던 테킬라를 꺼내서 7잔을 원샷해 보기도 했다. 평소 도수가 높아 2잔만 마셔도 곯아떨어지게 하는 술인데, 7잔을 마셔도 정신이 선명했다.

그렇게 억지로 잠을 자려고 누워서 한두 시간을 노력하다가 결국 다시 일어나서 일을 하며 밤을 새우고 출근한 적도 많았다. 잠이 부족했지만 결코 잠은 오지 않았다.

그래서인지 지금은 잠만 잘 자도 '행복한 상태구나' 생각한다. 살면서 조금씩 지치고 힘든 날들은 있지만, 그래도 잘 자고 잘 먹고 잘 일어나는 내 모습을 보며 "미처 느끼지 못했지만, 행복한 상태구나" 하며 다시금 당연하지만 소중한 사실에 행복을 되새기게 된다.

생각을 멈추고 싶어도 멈출 수 없다

　출근하기 위해 아침에 눈을 뜨면 그때부터는 불안의 시작이었다. 불구덩이에 뛰어내리는 듯한 느낌이었다. 매일 그랬다. 평일 아침은 지옥으로 출근하는 기분이었다. 나의 마음을 괴롭히는, 싫어하는 사람을 매일 봐야 한다는 건 정말 버티기 힘든 일이다.

　어떻게 그런 삶을 몇 년 동안 버티며 버티며 지냈을까, 지금도 도저히 모르겠다….

　하루의 시작은, 알람이 울리기도 전에 심장이 너무 뛰어서 심장 박동에 놀라 잠에서 깨는 것이다. 알람 시간은 8

시인데, 새벽 5시 반부터 눈이 떠진다. 그렇게 깨고 나면 정말 끔찍한 기분이 드는데, 그 기분은 지금 생각해도 정말 끔찍하다. 일어나자마자 엄습해 오는 불안감, 다신 기억하고 싶지 않은 감정이다.

'오늘은 또 어떤 일로 힘들까',
'어떤 힘든 일들이 나를 괴롭힐까',
'오늘 하루를 무사히 넘길 수 있을까'.

그런 생각들로 하루의 시작이 두려웠다.
한번 잠들면 영원히 깨지 않았으면 했다.

평생 흘릴 눈물을 그때 다 쏟았던 것 같다. 눈물샘이 마르지 않았다. 내가 흘리는 눈물은 대개 어떤 일련의 과정이나 생각을 거쳐서 나오는 게 아니었다. 평소처럼 모니터 앞에 앉아서 해야 할 일을 하고 있는데, 이유 없이 눈물이 뚝뚝 떨어졌다. 쏟아지는 눈물을 훔치랴, 주어진 일을 해내랴 매일같이 애써야 했다. 출근할 때도 울었고, 일을 하면서도 울었고, 화장실에 가서도 울었고, 퇴근하면서도 울고, 버스를 타서도 울고, 남편이랑 전화할 때도 울고, 밥을 먹을 때도 울고, 자기 전에도 울고, 자다 일어나서도 울고, 일어나자마자 울었다. 언제든 울음이 터져 나왔다.

매일매일 눈이 팅팅 부은 채로 출근하기 일쑤였다. 냉동실엔 늘 숟가락이 있었고 아침에 일어나면 그것을 꺼내 얼음찜질을 하고 출근했다. 출근하는 길엔 늘 땅바닥만 쳐다보며 걸었다. 내 의지와는 상관없이 눈물이 줄줄 흐르는데, 혹여 내가 떨어트리는 눈물을 출근길의 누군가에게 들킬까 봐 땅만 바라봤다. 출근 후, 미처 다 가라앉히지 못한 부기는 안경으로 가리곤 했다.

완벽주의

숨이 막힐 정도로 실수하면 안 된다는 생각

　　점점 강박에 시달리기 시작했다. 실수하면 안 되는 사람, 일 잘하는 사람으로 보이기 위한 완벽주의가 생겼다. 작은 실수라도 하면 회사가 떠나가도록 소리를 지르고 불호령이 떨어지는 일들이 많았으니, 그게 두려워 그런 상황을 아예 만들지 않기 위해 모든 것에 완벽해야 한다는 생각이 나를 지배했다.

　　그런 완벽주의는 어떤 작은 일 하나를 하더라도 불안감에 시달리게 했다. 메일을 하나 쓰더라도 잘 썼는지 여러 번 확인하고 확인해서 작은 일 하나도 처리하기 어려워했다. 혹시나 실수할까 봐 불안감과 긴장감을 늘 갖고 있었다.
내가 병들어 가고 있다고 생각하지 못했다.

그저 더 열심히 더 열심히….
내가 죽도록 노력하면 모든 상황이
조금은 달라질 거라 착각했다.

더 잘해야 된다는 생각과 무조건 힘든 시간을
극복해야 된다는 생각만이 가득 찼다.

지금에 와서 생각한다.
진짜 강한 사람은 힘들 때 자신의 마음을 살피고
자신의 속도로 나아갈 수 있는 사람이라고.
그때의 나는 나를 돌아보지 못했다.

점점 겉돌고 사람들과 어울리지 못했다

처음에는 이런 증상들이 회사에 있을 때에만 나타났다. 나를 괴롭히는 상사와 대화할 때만 그랬던 것이 어느새 회사 내, 누구든지 간에 대화를 나누면 불안 증세가 나타났다. 그래도 이때까지만 해도 회사 밖이면 조금이라도 웃을 수 있었다. 친구들을 만나면 잠시나마 즐거운 시간을 보낼 정도는 가능했다. 그런데 어느 순간부터 친구들을 만나도 불안 증세가 나타나기 시작했다.

친구가 말할 때는, 말하는 것에 집중이 되지 않았다. 목소리가 귀에 들리지만 그게 무슨 말인지 잘 이해할 수 없었다. 도대체 무슨 말을 하는지 알 수가 없어서, 친구의 말에 언제 어떤 말로 반응을 해야 되는지도 알 수 없었다. '이쯤에서 웃어야 되나?', '이 타이밍에 응답하는 건가?', '뭐라고 이야기해 줘야 되지?' 하고 고민했다. 대화에 집중하지 못하고 있는 나를 발견했다.

내가 말할 때는, 마치 내 영혼이 몸 밖으로 빠져나와 나를 쳐다보고 있는 것처럼 느껴졌다.

'이렇게 말해도 될까?', '이상한 사람처럼 보이진 않을까?', '내 힘든 상황을 눈치챘을까?' 하는 생각만 머릿속에 맴돌아 말이 제대로 나오지 않았다.

친구들은 나의 행동이나 말을 의식하거나 검열하지 않았지만, 나는 내 행동이나 말이 정상적으로 느껴지길 바랐다. 주변 반응을 과하게 의식하다 보니, 빠르게 주고받는 일상 이야기에 낄 틈이 없었다. 입만 열면 말을 더듬었다. 같은 시간에 같이 앉아 있었지만 나만 다른 곳에 가 있는 듯한 느낌이 들었다. 그렇게 친구들을 만나고 돌아오면 고장난 듯한 내 현실을 믿을 수가 없었다. 오늘 하루를 곱씹으며 자책했다.

결국 사람들을 만나지 않기로 결정했다.

유일하게 만나는 사람은 남편이 되었다. 주말에는 남편의 권유로 바람을 쐬러 밖에 나갔다. 강남역같이 사람 많은 곳을 가면 또다시 불안 증세가 찾아왔다. 몸이 사시나무 떨듯 떨렸고, 남편 뒤에 숨어서 걸어가야만 했다. 사실 지금도 이런 증상이 종종 나타난다.

많이 나아졌지만,
아직은 내게 시간이 더 필요한 것 같다.
하지만 힘든 시간을 지나고 느낀 점은
모든 힘든 시간은 반드시 지나간다는 것이다.

그 시간을 잘 지나갈 수 있게
내가 나를 잘 보살펴 주어야겠다.

공황장애

　그때의 나는 극도의 불안감으로 한시도 가만히 있지를 못했다. 심장이 떨리고 손이 떨리고 다리가 떨리고 말까지 떨렸다. 공황장애는 출근 준비를 할 때 특히 심해졌다. 오히려 회사에 도착하면 이런 증상들이 조금은 나아졌다. 주말이 되면 '얼른 회사에 출근하고 싶다'는 생각이 들었다. 그이유는 회사에 가기 전이 너무 불안하니까, 나를 불안하게 만드는 그곳에 도착해서 '괜찮구나' 하는 안도감을 느끼고 싶었다. 주말이 끝나고 출근 준비를 할 때마다 나에게 찾아오는 불안은 당연한 일이 되었고, 그것이 매번 다가올 미래로 반복되는 상황이 고통스러웠다.

하루 종일 안절부절못하고 자주 답답한 느낌이 들었다. 숨도 잘 쉬어지지 않았다. 나중에 병원에서 이게 공황발작 증상이라는 걸 알게 되었다.

지하철을 타면 쓰러질 것 같고 숨이 잘 쉬어지지 않았다. 공기에 산소가 부족한 느낌이 들면서 머리가 핑 돌았다. 앉아 있으면 그나마 괜찮았는데 서 있으면 그 증상이 심해지곤 했다. 출근길에 지나쳐야 되는 지하철 노선이 10정거장도 안 됐는데, 두어 번씩 내렸다 타기를 반복했다. 결국 대중교통을 포기하고 걸어가기 시작했다. 한 시간 정도 일찍 집에서 나와 회사까지 걸어갔다.

어느 날부터 가슴에 흉통이 느껴졌다. 정확히 말하면 심장이 아파 왔다. 스트레스가 있는 상황에서는 더 세게 아파 왔다. 심장이 아파 오면 숨을 쉬기가 힘들어졌다.

회사에서 점심을 먹고 나오는 길에 빨리 집에 가고 싶다고 이야기하는 동료에게 이렇게 말했다. "그죠? 나도 나도. 막 답답하고, 사무실에서 숨쉬기 힘들어요. 숨을 크게 들이켜야만 쉬어지는 느낌이지 않아요?" 하고, 아무 생각 없이. 그저 그도 그렇게 느낄 것이라 생각하고 현재 내 상태에 대해 말했다. 그런데 동료가 이렇게 얘기했다.

"예에? 저는 안 그러는데. 공황장애 아니에요?"

그 얘기를 듣고 순간 너무 당황해서 웃어넘겼지만 그때부터 머리에 돌을 맞은 듯 정신이 번쩍 들었다. 집에 돌아와 인터넷에 공황장애 증상들을 검색해 봤고, 공황장애와 우울증 자가 진단을 받아 보았다.

요즘 힘들어서 우울증에 걸린 것 같다는 친구와 대화를 하다가 그 친구에게도 자가 진단 테스트를 해보라고 권했다. 60점 만점에 친구는 우울증 직전이라는 20점 후반대가 나왔고, 나는 심각한 우울증 상태를 넘어 전문가의 상담이 필요한 수준이라는 59점이 나왔다. 친구에게 결과에 대해 어떻게 생각하느냐고 물었더니, 정확한 것 같다고 했다. 자신은 우울증에 걸리기 직전이 맞다고.

그제야 내 두 눈으로 직접 확인하기 위해 병원을 찾게 되었다.

선택에 대한 자기 확신 부족,
분노 조절 어려움

모든 판단 능력이 점점 마비됐다.
작은 선택부터 큰 선택까지 어떠한 일을
선택하는 게 어려워졌다.

심지어 점심 메뉴를 골라야 되는데 무엇을 골라야 될
지조차, 길을 걸어가야 하는데 여러 갈래의 길이 나오면 어
느 길로 가야 하는지조차 고르지 못했다. 어떤 선택을 하고
나면 '이 선택이 별로면 어쩌지…?'라는 생각이 계속 들어
선택을 못 하게 되었고 선택해 놓고도 확신이 없어 이 선택

이 맞는 걸까를 계속 고민하느라 힘들어했다.

판단력을 잃은 이유는 관계의 상처로 인해 자기 확신
과 자기 믿음이 사라졌기 때문이다. 그리고 동시에 점점 감
정을 컨트롤하는 것이 어려워졌다.

업무를 끝내지 못하면 극도로 예민해졌고, 일을 끝내
지 못한 나 자신에게 화가 나 울음을 터트렸다. 밤새 울다가
일했고 또 울다가 일했다. 울면 두통이 깨질 듯이 왔지만 그
런 건 문제조차 되지 않았다. 그저 다음 날 출근했을 때 나
에게 가할 상사의 행동만이 내가 신경 쓰는 유일한 문제였
고, 그 문제로 극도의 공포심이 피어오르면 감당하기가 어
려웠다.

또, 가족들과 만나면 사소한 것에서도 감정 컨트롤이
안 될 것 같아 몇 달 동안 부모님을 뵈러 가지 않았다. 부모
님을 뵈면 눈물이 왈칵 쏟아져 무너질 테고, 그런 내 모습을
보며 가슴 아파할 부모님을 감내할 자신이 없었다. 그걸 보
는 순간 그대로 죽어 버리고 싶을 것 같았다. 부모님 앞에서
죽어 버리는 일이 진짜 일어날 것 같아서 도무지 부모님 얼
굴을 뵈러 갈 수가 없었다.

그때는 화가 나거나 컨디션이 안 좋아지면 분노가 잘

조절되지 않았다. 사소한 일에도 화가 났고, 한번 화가 나면 소리를 지르고 스스로를 아프게 했으며 유일하게 의지하던 남편까지 공격하면서 상황은 극한으로 치달았다.

남편은 나를 붙잡고 내가 아무것도 하지 못하게 나의 행동들을 막았다. 집 안에 있는 창문을 모두 닫고, 조리 도구들을 전부 숨겼다. 그리고 내가 진정될 때까지 꼭 안았다. 움직이지 못하도록 꽉 안아 주었다.

행복이 내게서 점점 멀어져 가는 것 같았다.
아니, 내가 행복한 모습이 상상되지 않았다.

2부 아픔에서 한 걸음이라도 멀어져보자

'자신의 아픔을 돌보기 시작할 때부터
누구든 점점 아픔에서 좋아질 수 있다.
스스로 변화하기 위해 노력하는 그 순간부터
삶은 좋은 방향으로 흘러가게 된다.'

한 걸음이라도 떼어 보자

한 걸음이라도 떼어 보자는 생각으로
처음 치료의 문을 두드린 곳은 심리 상담소였다.

전문가의 도움은 필요한데 병원은 겁이 났고,
그나마 접하기 쉽다고 생각했던 곳이 상담소였다.
상담 횟수보다 더 중요한 것은 단 한 번일지라도
누구와 상담을 하느냐다.

나에게 잘 맞는 선생님 한 명을 만나기 위해 여러 곳의
상담소를 전전했다. 만약 당신에게 자주 우울감이 찾아오거

나, 아무 일도 없었는데 숨이 턱턱 막히거나, 불면증이나 불안감 때문에 밤을 지새우거나, 식욕이 떨어져서 심리 상담을 받아 볼까 말까 고민하고 있다면 정말 꼭 받아 보기를 추천한다.

받아야 하나 말아야 하나 고민하게 되는
그 시점 자체가 스스로가 생각하는 것보다
스스로가 훨씬 더 불안정한 상태라는 것이다.

본인은 불안한 감정에 익숙해져서 모른다.
용기가 필요한 시점이다.

용기 내어 상담 선생님께 상담을 받으며 마음 상태에 대해 체크해 볼 수 있었으면 좋겠다. 상담 선생님께서는 힘든 이야기를 깊게 털어놓을 수 있도록 충분히 공감해 주신 뒤에 나의 상태에 대해 객관적으로 말씀해 주시는데 지금 나의 마음을 아는 데 큰 도움이 된다.

비용적인 부분이 고민이 될 수도 있다. 비용은 상담 선생님에 따라 1시간 기준으로 3만 원~20만 원 정도로 다양하다. 상담 선생님의 경력이나 상담 방식에 따라 금액에 차이가 있긴 하지만, 내 경험상 적은 비용을 지불한다고 해서 상담의 질이 떨어지는 것 같지는 않고 높은 비용을 지불한다고 좋은 상담이 되진 않았다.

우리가 인간관계를 맺으면서도 나와 맞는 사람이 있듯 상담도 나와 맞는 선생님이 있는 것 같다. 나와 맞는 선생님을 찾는 것이 중요하며 나와 맞는다는 건 상담을 나누는 동안 내 마음이 얼마나 편안한가, 그리고 상담을 끝내고 난 뒤 얼마나 편안한가인 것 같다.

찾아보면 공공기관이나 복지 기관에서 무료로 심리 상담을 받을 수 있는 경로가 많다. 방법은 분명히 있다. 마음이 힘들어 찾아보는 것조차 어렵게 느껴질 수 있지만 꼭 찾아보길 권한다. 그게 나를 살리는 일이다.

· 전국 무료 전화 상담
1393 자살예방상담전화(24시간)
1577-0199 정신건강상담전화(24시간)

· 전국 무료 대면 상담
정신건강복지센터(해당 지역구 주민 이용 가능 –

주소창에 정신건강복지센터 검색 후 전화 예약)

"상담은 몇 번을 받아야 할까?"라고 묻는다면 내 마음의 상태에 따라 상담이 필요한 횟수는 천차만별이다. 대부분 상담 한 번에 힘듦을 홀홀 털어 내기를 바라지만 단 한 번의 상담으로는 어렵다. 몇 번의 상담을 통해 좋아지는 경우도 있고 길게는 1년 넘게 장기간 상담을 받는 경우도 있다.

위에서도 잠깐 언급했지만 나와 맞는 상담 선생님을
찾는 것이 관건이며 상담을 받는 내내 마음이
불편하다면 계속 참고 상담을 이어 갈 게 아니라
자신에게 맞는 상담소를 찾아보는 게 좋다.

하나의 일화를 소개한다면 나는 상담이 끝나고 집으로 가는 길에 펑펑 운 적이 있었다. 그날 나와 상담했던 선생님이 상담한 지 5분도 채 되지 않았는데, "병원에 가서 진료를 받고 약을 처방받아 드세요"라고 딱 잘라 말씀하셨다. 내가 정말 정신적으로 큰 문제가 있는 건 아닐까 하는 생각에 두려움과 절망이 밀려왔다.

지금 생각해 보면 같은 말이어도 조금 더 내 이야기

를 듣고 내 마음을 헤아린 뒤에 따뜻하게 조언을 해주었다면 좋았을 것 같다. 또 한번은 상담실에 들어가서 앉자마자 "하고 싶은 말해 봐요"라고 말했다.

털어놓기를 명령당하는 기분이었다. 말하라고 하면 마치 기계의 온 오프 스위치를 켠 것처럼 힘든 점들을 쏟아낼 수 있어야 하는 건가. 친절과 불친절을 넘어서 무성의했다. 편안하게 얘기할 수 있어야 하는데 그렇지 않은 분위기라 당황스럽고 불쾌했다. 나뿐만 아니라 마음이 약해져 있는 사람들이 이런 무성의한 태도를 받았다면 상처를 치유하러 왔다가 되레 상처받지 않을까라는 생각이 들었다.

내가 나와 맞는다고 생각한 곳은 학창 시절을 보낸 경기도의 한 상담소였다. 부모님 댁에 들렀다가 우연히 방문하게 되어 나와 잘 맞는 선생님을 찾게 되었다.

정리되지 않은 이야기를 조바심 내지 않고 깊게 공감하며 잘 들어 주셨고 과거를 스스로 되짚어 볼 수 있게 도와주셨다. 이야기를 다 들은 후에는 지금 상황에 대해 객관적으로 바라볼 수 있게 차근차근 설명해 주셨는데 현재의 상황을 부정적으로만 바라보며 힘들어했던 나에게 객관적인 시각을 전해 주어 앞으로 어떻게 나아가면 좋을지에 대한 현실적인 고민을 해볼 수 있는 시간이 되었다. 서울에서 왕복 3시간이 넘는 거리였지만 그 후로도 자주 상담을 받았고 큰 도움이 되었다.

상담은 분명 혼자서는 다잡지 못했던 마음을 정리하는 데 도움이 된다.

사람은 자신의 아픔을 돌보기 시작할 때부터
점점 아픔에서 좋아질 수 있다고 생각한다.

변화하기 위해 노력하는 그 순간부터
삶은 좋은 방향으로 흘러간다.

상담의 한계

　하지만 상담의 한계도 있었다. 상담을 받은 뒤에도 혼자 있을 때면 다시 마음이 무너지는 순간이 찾아왔다. 상담이 도움이 되었지만, 뒤돌아서면 불안한 생각들로 한순간에 안정감이 와르르 무너지는 경험을 했다. 상담 선생님을 주머니에 넣고 다니고 싶다는 생각이 들었다.

　상담을 받은 후, 일상생활에서 안정감이 이어지면
　상담을 지속하는 게 좋고 상담을 받을 때만 괜찮고
　혼자의 일상은 계속 무너진다면 병원을 추천한다.

우울증 진단. 만약 우울증을 느끼더라도 정신과에 한 번도 가본 적 없는 사람은 그곳에 발을 들이기가 어려울 수 있다. 그런 사람에게 추천하고 싶은 방법이 있다. 우선 병의 증상과 중증 정도를 인지하는 것이 치료의 시작 단계에서 굉장히 중요한 일이라고 생각한다. 병원에 가서 정확한 진단을 받기에 앞서, 어느 정도는 스스로 증상과 그 정도를 가늠해 보면 좋다.

내 경험을 토대로 말하면 첫 번째로, 인터넷 검색을 통해 '우울증 자가 진단' 또는 '공황장애 자가 진단' 등의 키워드로 검색하면 간단하면서도 쉽게 접할 수 있는 여러 자가 진단 테스트가 나온다. 거기서 하나를 골라 자가 진단 테스트를 해보면 좋다.

우울증 자가 진단 방법 http://self-test.info/dep/

· 0~10점: 아주 지극히 정상인 상태

· 11~20점: 정상이지만 가끔씩 우울할 수 있음

· 21~30점: 우울한 지수를 무시할 수 없음. 주의 요망

· 31~40점: 심각한 우울증 상태

· 40점 이상: 전문가와 상의 필요. 병원 상담 추천

31점 이상이면 우울증 위험군이라는데,
나는 60점 만점에 59점이었다.
극심한 우울증과 극심한 공황장애라며 빠른 치료가
필요하다고 나왔다. 그때 처음으로 내 상태의
심각성에 대해 조금 인지하게 되었다.

나는 이 방법을 통해 내가 겪는 어려움의 정도가 어느
수준이며 어떤 유형의 질환인지 알아보려고 노력했다. 테
스트를 통해 나의 상태를 대강 알게 되니, 병원에 갈 수 있
는 용기가 생겼다. 과거의 나처럼 병원을 가기엔 두려워서
어찌할 바를 모르는 사람이 있다면, 이런 테스트를 시도해

보면 좋겠다.

객관적인 지표를 통해 자신의 상태를 확인할 수 있게 되고 망설임과 두려움을 조금은 덜어낼 수 있게 된다.

사람은 살아가면서 누구나 마음이 아플 수 있다.
그게 오래 머무는 아픔이든 잠시 머무는 아픔이든.
그때 아픔을 인정하고 마음을 돌보기 시작한다면,
자신을 이해하게 되고 아픔이라는 태풍을 지나가는 데
큰 도움이 된다고 믿는다.

우울증 자가 진단 테스트
http://self-test.info/dep/

인생 첫 정신병원

    심리학 베스트셀러 작가 출신 의사 선생님이나 언론을 통해 유명세를 얻으신 분, 인터넷에서 좋다고 소문난 병원, 그런 곳들은 예약이 세 달 치 차 있었다. 나는 1분 1초가 급해 기다릴 수 없었다. 당장 진료 가능한 병원이면서 그나마 리뷰도 다른 곳보다 좋은 곳들을 찾아갔다.

    처음 병원에 갔을 때는 평일 낮이었는데 의외로 사람이 많아 놀랐다. 대기 인원도 많고 정신과 특성상 진료 시간이 길다 보니 대기 시간도 길어 진료를 기다리는 동안 다른 사람들을 관찰했다.

어떤 사람이 이곳에 다닐지 궁금했다. 각자 마음속에 아픔이 있겠지만 겉보기에 편안해 보였다. '어떤 아픔이 있었기에 이곳에 오게 되었을까'라는 생각이 드는 동시에 다들 이곳은 누구나 올 수 있는 곳이라는 듯한 표정으로 편안히 앉아 있는 모습을 보며 나도 왠지 모를 안심이 들었다.

하지만 모두가 그런 것은 아니었다. 반대로 한없이 불안해 보이고 이곳이 낯선 티가 나는 사람들도 있었다. 그들을 보고 있으면 '나는 남들이 보기에 어떻게 비칠까'라는 생각이 들었다. 이런저런 생각을 하는 도중 내 이름이 불렸고 드디어 내 차례가 되었다.

의사 선생님과 간단히 상담을 한 뒤, 설문지를 받아서 다른 방에서 작성했고 작성한 뒤에는 진료실로 들어갔다. 심장이 쿵쿵 뛰었다. 내 인생 최초 정신과 진료가 시작되었다.

이상한 사람이고 싶지 않아요

진료를 받으면서 내가 겪었던 힘들었던 이야기를 의사
선생님께 말하기 어렵게 느껴졌다. 알고 보니,

자신의 힘듦을 타인에게 전하기 어려워하는 것이
사회불안장애의 증상 중 하나의 단면이라는 것을
알게 되었다.

당신이 병원에 가게 된다면
그동안 어떤 일을 겪었고, 그때 어떤 기분이었는지

나는 당시 마음이 아픈 원인을 내게서 찾으며 모두 내 잘못이라고 책망하고 있을 때였기에, 이야기를 꺼내기 버겁게 느껴졌다. 의사 선생님께서 이야기를 듣고 내 잘못이라고 말할까 봐 두려웠다. 상황이 이렇게 된 것이 정말 내 잘못인 게 될까 봐, 그럼 감당할 수 없을 것 같았다. 상상하는 것만으로도 숨이 막힐 만큼 두려웠다. 그래서 쉽게 입을 뗄 수 없었다.

그래도 용기 내서 여기까지 왔으니, 선생님이 객관적인 시각으로 내 상황을 봐주시길 바라며 조심스럽게 이야기를 꺼냈다. 선생님께서 내 이야기를 다 듣고 이렇게 아프고 힘든 것이 '네 잘못이 아니야'라고 이야기해 주면 마음의 병이 나을 것만 같았다. 내가 이렇게 아프고 힘든 것이 나의 부족함 때문만은 아니라는 것을 확인받고 싶었다.

나의 바람은 정확히 빗나갔다.

"그럼 당신은 잘못한 게 없다는 거예요?"

그 질문 하나가 아픈 심장에 비수로 꽂혔다.

선생님의 질문이 치료에 도움이 된다고 해도 더 이상 선생님께 치료를 이어 나가고 싶지 않았다. 나는 고민 끝에 병원을 옮겼고, 상담소의 경험을 통해 나와 맞는 병원이 있을 거라 생각하며 여러 번 시도 끝에 나에게 맞는 병원을 찾을 수 있었다.

병원을 찾거나 상담소를 찾을 때 든 생각은 나와 맞지 않는 관계, 나와 맞지 않는 사람, 나와 맞지 않는 장소, 나와 맞지 않는 것을 내 인생에서 끌고 가며 참고 버틸 필요가 없겠구나 하는 안도의 생각이었다.

물론 내가 원해서 참는 힘듦이라면 그것이 어떤 것이든 값진 것이라 생각한다. 하지만 무조건 참는 행위는 답이 되지는 않는다는 걸 깨닫게 되었다.

더 이상 아픔도 행복도 참기 싫었다.
참는 것에서 삶이 멈추지 않고 용기 내서
행복을 향해 문을 두드리고 나아간다면
행복의 문은 반드시 열릴 거라고 믿기로 했다.

그날, 희망이 마음속에서 작게 피어났다.

정신과 상담을 효율적으로 받는 팁

병원에서 진료를 받을 때는 증상과 궁금증에 대해 모두 이야기하는 것이 정말 중요하다. 특히 약을 처방받게 됐을 때 처방받은 약에 대한 의문점들, 부작용들, 걱정되는 점들을 모두 의사 선생님께 묻고 그것에 답변받으면, 두터운 신뢰를 갖고 치료가 가능하다.

나는 핸드폰 메모장에 적어 가서
상담을 받는 편이다.

의사 선생님 앞에 서면 긴장되어 머릿속이 하얘지는데, 미리 정리해 두면 말하기 훨씬 수월하고 빠뜨리는 부분 없이 하고 싶은 이야기를 할 수 있다. 여러 병원에 다니며 의사 선생님들을 만나다 보니 생긴 노하우다.

정신과 선생님이 상담사는 아니다

정신과는 상담소와 다르다는 걸 알고 가면 좋다. 상담 선생님께서는 내 이야기를 듣기 위해 최소 1시간을 대화의 시간으로 비워 두지만, 의사 선생님께서는 내과 진료와 같이 아픔에 대한 진료를 본다. 환자를 검진하고 진단을 내려서 이를 치료하기 위해 약을 처방한다.

나는 병원에 가기 전에 상담소를 다녔기 때문에, 의사 선생님께서도 상담 선생님처럼 내 이야기를 오래 들어 줄 거라 생각했다. 그런데 의사 선생님께서는 속마음을 얘기할 수 있게 대화를 이어 나가기보다는 내 증상에 대해 진찰하고 병에 대한 정확한 검진과 설명을 해주셨다. 병원에 가는 이유는 진료를 통해 의학적인 도움을 받기 위해서 간다고 생각하면 된다.

단 한 번의 병원 방문으로도
마음이 나아지면 얼마나 좋을까.

첫 약물 복용만으로도
증상이 개선되면 얼마나 좋을까.

마음이 불안하고 힘들어
삶이 오늘내일하는 와중이니,
누구나 조급해진다.

정신과 약이 효과가 있나요?

결론부터 말하자면 정신과 약은 효과가 있다. 불면증도 줄어들었고 불안감도 그 정도가 분명히 잦아드는 느낌을 받았다. 특히 공황발작 시에 먹는 약을 따로 주는데, 그약들은 두근거리던 심장을 금세 가라앉혀 주고, 증상들을재빠르게 완화시켜 주어 갑작스레 솟구치는 불안감을 진정시켜 주었다.

오랫동안 약을 복용하면서 약을 효율적으로 복용할 수있는 두 가지 팁이 생겼다.

첫 번째 팁은, 병원에서 내게 처방되는 약이 몸 안에서 어떻게 작용하는지 의사 선생님께 설명해 달라고 꼭 요청하는 것이다. 아래는 내가 직접 의사 선생님께 물어보고 알게 된 약물의 작용 원리다.

우울증, 우울증은 도파민과 세로토닌, 노르에피네프린 등 뇌의 신경전달물질(호르몬)의 균형이 깨지면서 발생하며, 외인적 요인인 스트레스 등의 영향을 받아 자율신경계 내 교감신경과 부교감신경의 조절 능력이 어려워져 발생하기도 한다고 한다.

약물 치료는 약을 통해 우울증을 유발하는 신경전달물질의 작용을 촉진하거나 억제하여 우울증 완화에 도움을 준다는 얘기를 의사 선생님께 들었고, 위에서처럼 과학적인 연구 결과가 증명되었기 때문에 약을 통한 치료가 가능하다는 것을 알게 되었다.

갑작스럽게 증상이 발생하면, '필요시' 약을 통해 긴급처치가 가능하고 장기적으로 복용하면 차츰 세포 내 농도를 균형 있게 맞춰 주어 우울증 완화에 도움을 준다고 한다. 또한 신경전달물질의 작용에 균형이 깨지기 전에 조절하는 역할로도 활용이 가능해서 예방 측면으로도 복용해 볼 수 있다.

이런 설명을 직접 듣고 약을 복용하는 것과 듣지 않고 약을 먹은 뒤 바로 효과가 없다고 효능을 의심하면서 복용하는 것은 차이가 난다고 생각한다. 약을 먹고 나아지려면 당연한 얘기지만 의사 선생님뿐만 아니라 약에 대한 전적인 신뢰가 필요하다. 플라시보 효과가 괜히 있는 것이 아니다. 비정상적인 호르몬 분비의 조절을 약의 어떤 원리로 작용하게 되는 것인지 알고 신뢰하고 복용한다면 효과를 볼 수 있을 거라 생각한다.

두 번째는, 약 효과는 단기간에 나타나지 않는다. 약도 나와 맞춰 가는 시간이 필요한 것 같다. 같은 효능의 약이어도 제약사마다 나의 몸에 잘 맞는 약이 있었고 아닌 약이 있었다.

감기로 병원을 갔을 때, 낫지 않아 의사 선생님이 약을 바꿔 주어 나았던 경험이 종종 있던 것처럼 의사 선생님과 상담을 통해 나에게 맞는 약을 찾아가는 과정이 필요하다.

병원에서는 우울증 약이 효과가 나타나기 최소 한 달에서 세 달까지는 걸린다고 말한다. 공황장애의 경우 먹는 약이 즉각적인 효과를 보여 주긴 하지만, 대부분의 우울증 약들은 즉각적인 효과를 보이진 않는 것 같다. 그래서 많은 사람들이 지금 마음이 너무 괴로우니 조급한 마음에 효과가 없다며 금세 복용을 포기하는 경우가 있다. 아무래도 체내의 호르몬을 조절하고, 그 호르몬이 약의 도움이 없이도 정상적으로 작용할 수 있도록 원상 복귀시키는 과정이다 보니 시간을 여유 있게 갖는 것이 필요하다.

병원에서도 내게 꾸준히 복용해야 한다고 말했다. 실제로 주변에서도 단기적으로 복용하기보다는 꾸준히 복용한 지인들이 효과가 있다고 하는 경우를 많이 보았다.

마지막으로 하고 싶은 말은 복용 효과가 있고 없고의 문제보다 중요한 것이 있다. 당신이 당신의 아픈 마음에 관심을 갖고 돌보기 위해 병원에 갔다는 사실이다.

낫고 싶은 마음에 힘을 내어 병원에 갔고, 진료를 받고, 약을 처방받고, 약을 먹으며 노력하는 행동들은 결국 시간이 지나 당신의 삶을 낫게 해줄 거라 믿는다.

아파서 병원에 갔다면 너무 잘한 일이다. 많이 아프고 힘들 때 그보다 잘한 일은 없을 것이다.

당신과 내가 걸어온 길, 앞으로 걸어갈 길이 비록 같지는 않겠지만 아픈 길을 지나 왔다는 사실은

같기에 우리는 같은 경험을 나눈 동료다. 그래서
누구보다 당신의 마음을 이해하며 응원한다.

이제 내가 나를 지켜 줄 거야

정신과에서 우울증과 공황장애를 동반한 사회불안장애 진단을 받았다. 마음에 병이 있다는 걸 직접 확인하게 되자 그동안 나타났던 이상한 증상들이 심상치 않았음을 그제야 깨달았다. 나의 모든 행동들이 신호를 보내고 있었는데 전혀 눈치를 채지 못하고 있었다니…. 이미 다른 사람들과 대화하는 것에 문제가 생긴 지 꽤 됐었는데, 한 번도 마음에 병이 있을 거라고 의심해 본 적이 없었다.

내 상태를 알아차리지 못했다는 것 자체가 충격적이었다. 얼마나 나에게 신경을 못 쓰고 있었는지, 지금 생각해도 가슴이 아려 온다. 지금이라면 심장에 작은 흉통만 있어도 호들갑을 떨며 바로 병원에 갔을 텐데.

그날 생각했다.

'이제는 내가 나를 지켜 줘야지….
아프게 하지 말아야지….'
이제 정말 아픔을 떠나보내고 싶다.
나도 행복하고 싶다.

3부 너무 완벽하려 하지 마세요

지금도 충분해요

몇 번이고 삶을 포기하려고 했다.
그때마다 마음에 평온함을 찾아준 방법들이 있었다.

모든 아픔에 사랑을 보냅니다

마음이 힘들어지면 그 감정을 바라보는 것부터 시작했다. 먼저 죽고 싶다는 생각이 들면 '지금 죽고 싶다는 생각이 드는구나', '지금 마음이 많이 힘든 상태구나'라고 알아봐 주었다.

심장에 흉통이 느껴질 때면, '아 지금 흉통이 오는구나', '무슨 불안감 때문에, 어떤 스트레스 때문에 흉통이 오고 있구나' 하고 바라보았다. 그럼 그 순간에 힘들었던 감정이 조금 누그러진다. 그다음으로는 내가 느끼는 감정들에 사랑을 보냈다.

'죽고 싶은 마음이 드는 이유는, 다 잘하고 싶어서 그런 거였구나', '최선을 다했는데 아무도 알아주지 않아서 속상하구나', '열심히 하려고 했던 예쁜 마음에 내가 사랑을 보내요'.

극단적인 생각이 오고 가면
이렇게 내 감정을 바라봐 주고
그 감정이 오게 된 이유에 대해서 살펴보았다.
그리고 그 순수한 의도에 사랑을 보냈다.

당신이 당신에게 사랑을 보낼 수 있었으면 좋겠다.

올바른 생각의 중요성

올바른 생각의 중요성.
올바른 생각을 하기 위해 노력했다.

힘들면서 판단력을 잃고,
올바른 것과 올바르지 못한 것을
구분할 수 없게 되었다.
그래서 자꾸 옳지 않은 생각을 하게 되고
스스로를 힘든 생각들로 몰아넣었다.

내게 올바른 생각을 안겨 주었던 것은 책이었고, 우연히 찾게 된 글귀들이었다. 책을 찾을 힘조차 없을 땐, 인터넷에 이렇게 검색했다. '죽고 싶을 때 글귀', '힘들 때 글귀'. 이런 식으로 검색해서, 다른 사람이 쓴 블로그 글귀들을 찾아 읽었다. 읽을 뿐만 아니라 글로 썼고, 글로 썼을 뿐만 아니라 계속 말을 속으로 되뇌었다.

회사에 있을 땐 글귀를 바탕 화면으로 해두고 시계를 보는 척하면서 그 글귀들을 읽었다. 점심시간에 밥을 먹으러 가기 위해 엘리베이터를 탔을 때도 그 글귀들을 읽었다. 일을 하다가 마음이 힘들어지면 화장실에 가서 그 글귀들을 읽었다. 일을 하던 도중 회사 옥상 위로 올라가 뛰어내리고 싶은 순간이 오면 화장실로 달려가 펑펑 울면서 그 글들을 읽었다.

올바른 생각들을 억지로라도 내 머릿속에 각인시키면 그때부턴 조금씩 살아갈 수 있는 용기가 생겼다.

그 이후로 힘이 되는 글귀들을 찾아 집 안 곳곳에 붙여 놓고 시시때때로 자기 확언을 했다. 핸드폰 바탕 화면에도 문장들을 저장해 놓고 회사에서 힘이 들 때마다 수시로 글귀를 읽어 보며 마인드 컨트롤했다. 이 방법은 너무 좋아서 지금도 꾸준히 실행하고 있다.

스스로를 안아 주는 방법

한때는, 거울을 보며 스스로에게 "난 나를 사랑해"라고 말하는 것이 바보 같은 행동이라 생각했다. 그런데 우울증을 해결할 수 있는 방법을 찾다 보니 자존감이 중요하다는 것을 알게 되었다.

자존감을 높이는 유명한 방법 중에 하나인 '거울 보고 이야기하기' 방법이 떠올랐다. 성공한 작가이자 경영자인 '브라이언 트레이시'도 매일 아침 거울을 보면서 "I like myself"를 외친다고 했다.

나도 속는 셈 치고 한번 해봤다. 하고 싶은 말을 벽에

써서 붙이고 매일 아침 출근 전에 거울을 보며 마법의 주문을 외듯 나에게 얘기해 주었다.

"너는 사랑받을 자격이 있어", "난 나를 좋아해", "넌 잘할 수 있어" 하고 말했다. 양팔을 벌린 후 교차해서 어깨 위에 올려 두고 스스로를 안아 주면 더욱 효과적이었다.

안고 토닥이면서
"괜찮아, 괜찮아", "잘하고 있어",
"너무 잘하고 있어", "오늘도 잘할 거야" 하며
파이팅을 외치고 꼬옥 안아 주었다.
이상하고 신기하게도 그렇게 하고 나면
긍정적으로 샘솟는 기운을 느꼈다.

산책

　밖으로 나가 산책을 하고, 햇빛을 보고, 바람을 들이마시는 것이 우울증에 큰 도움이 된다는 사실은 의학적으로도 잘 알려져 있다. 병원에서도 주기적으로 일정한 산책을 하라는 얘기를 많이 들었고, 나 또한 우울증 증상 개선에 도움을 받았다.

　우울증에 걸리고 나면 사실 집 앞에 나가는 것조차 힘들어진다. 하지만 억지로라도 나가서 걷다 보면 마음이 좋아지는 걸 느낀다. 그런 시간이 반복되면 이제 마음이 우울할 때는 자연스레 걷고 싶어지고 우울하면 아무것도 하기 싫어지는 마음에서 한 걸음 벗어 날 수 있다.

산책을 하다 보면 좋은 점들이 참 많다.

첫째는 계절을 느낄 수 있다. 스치는 바람, 파릇한 새싹, 돋아나는 잔디들, 몽실몽실 구름, 계절에 맞게 옷을 입고 걷는 사람들. 그런 풍경을 보고 있노라면, 마음이 자연스레 편해지고 내가 어느 계절에 와 있는지 느낄 수 있게 된다. 그리고 앞으로 어떻게 걸어가야 하는지 생각에 잠기게 된다.

산책이 걷는 것만을 포함한다고 생각하지 않는다.
집을 나와 조용한 세상과 만나는 일 자체가 산책이
아닐까, 그리고 그 조용한 세상에 머물다 보면
그동안 소홀했던 나를 만나게 된다.

산책을 나가 자전거를 타고 한강에 가서 혼자 돗자리를 펴 놓고 하늘을 바라보며 맥주를 마셨던 적이 있다. 작고 소소한 일이지만 그때를 지금도 잊을 수 없다. 공기의 청량함과 푸릇한 나뭇잎들 사이로 떨어지는 한 줄기의 햇빛은 나의 지친 마음을 치유해 주었다.

그날 돗자리에 누워 생각했다.

내 마음보다 중요한 게 있을까?

그동안은 너무 바쁘게만 지낸 것 같다.

나의 행복을 누리지 못한 채.

앞으론 이렇게 흘러가는

계절의 시간을 자주 누려야겠다.

달리기

　나는 우울할 때마다 집에서부터 한강까지 달렸다. 예전에 건강상의 문제로 지하철에서 한 번 쓰러진 적이 있었는데, 그 뒤로 체력이 많이 소모되는 운동은 멀리해 왔다. 달리기와 같은 격한 운동을 하면 왠지 쓰러질 것 같다는 생각이 들어 그 이후로 몇 년째 달리기를 해본 적이 없었다. 평생 달리기를 하지 않을 생각으로 살아왔는데, 당시 우울증을 겪고 있던 나는 정말 간절했다. 어떤 방법을 써서라도 우울증에서 벗어나고 싶었다. 설령 쓰러지더라도, 우울하고 힘든 생각에서 벗어날 수 있다면.

그 간절함 하나로 달리기를 시작했다.

달리기를 할 수 있었던 건, 남편의 도움도 컸다. 매일 저녁 지방에서 서울로 올라온 남편은, 방 안에만 갇혀 밤새 울고 있는 나의 손을 잡고 집 밖으로 데리고 나왔다. 처음엔 50m부터 시작해서 100m, 500m, 1km… 5km까지 조금씩 달리는 거리를 늘려 나갔다. 그렇게 하루 최소 2km씩은 뛰었던 것 같다. 날씨와 상관없이, 추위와 상관없이, 비를 맞으며 뛴 적도 있다(물론 쓰러질 것 같으면 멈췄다. 지하철에서처럼 정말 또 쓰러지면 안 되기에). 이 기운 때문인가 실제로 하루하루 조금씩 에너지가 회복되는 것을 느꼈다.

달리기가 우울한 마음에서 벗어나는 데 도움이 되었다고 생각한다.

하지만 시간이 지나 알게 되었다. 진정 우울증을 낫게 한 건, 우울증을 간절히 극복하고자 했던 마음이라고. 그 마음이 없었다면 애초에 달리지 못했을 테니까….

나아가고자 하는 간절한 마음은 어떤 한계도 극복할 수 있게 해준다.

글쓰기는 치유의 힘이 있다

10년 동안 운영해 온 개인 블로그가 있다. '기록하지 않은 하루는 사라진다'는 모토로 오랫동안 품어온 공간이다. 늘 나만의 일기장이 되어 준 소중한 공간이다.

나는 힘든 상황에서 쌓인 감정들을 글로 적을 때, 글로 생각을 정리할 때 마음의 편안함과 치유됨을 느낀다. 그래서 마음이 갈피를 잡지 못하는 날이면 혼자 다이어리를 펴거나 노트북을 켜 글을 쓴다.

어떤 글이든 상관없다. 글답지 않아도 상관없다.

감정 쓰레기통이어도 충분하다. 어차피 나 혼자
보는 거고 나를 위해 끄적이는 것만으로 그 의미가
충족된다. 떠오르는 생각들을 최대한 기록하면 된다.

그냥 의식의 흐름대로 써내려가다 보면 어느 날은 복잡했던 생각이 정리되고, 또 어느 날은 감정의 원인을 알게 되며, 다른 날은 아무것도 알 수 없어도 글 쓰는 행위만으로도 마음이 진정된다. 나는 이런 과정들을 통해 마음을 가라앉힐 수 있었다.

마음이 힘들 때 글을 쓰고 싶지만 어떻게 시작해야
될지 모르겠다면 좋았던 책에 나오는 문구를 적어
보면 좋다.

그렇게 '지금 이 순간'에 오롯이 집중하다 보면
어느새 과거의 후회와 미래의 불안에서 자연스럽게
멀어지게 된다.

사람에게 받은 상처는
사람으로부터 치유된다

결혼하기 바로 전, 부모님을 모시고 북유럽 여행을 다녀온 적이 있다. 그곳에서 예상치 못했던 치유를 경험했다.

한창 회사에서 힘들 때였다. 패키지여행이었고 가족끼리 오신 분들, 친구끼리 오신 분들, 그리고 나처럼 부모님과 함께 오신 분들도 많았다.

그곳 어른들께 정말 많은 사랑을 받았다. 내게 "예쁜 딸" 하며 음식을 나눠 주시고, "예쁜 딸 밥 맛있게 먹었어?", "예쁜 딸 잘 잤어?", "예쁜 딸 같이 사진 찍자"라고 나에게 예쁜 딸이라고 부르며 잘해 주시는 어머님들이 많았다. 나는 예쁨을 받을 만한 어떠한 행동도 하지 않았는데, 많은 사랑을 주셨다. 심지어 그곳에는 내 또래가 두세 명 더 있었음에도 불구하고 굳이 나에게만 말이다.

마음에 치유를 느꼈다. 회사에서 인정받기 위해,
소외되지 않기 위해 무던히 애쓰던 내가 떠올랐다.
그런데 이곳에서 나는 아무것도 애쓰지 않았고
그럼에도 사랑을 받았다는 사실이 나를 치유했다.

왠지 모를 안도의 마음이 들었고, 마음에 장작불을
피운 듯 따뜻한 온기가 생겼다. 나도 어딘가에서
애쓰지 않아도 사랑받을 수 있구나.

또 기억나는 하나는 대학을 졸업하고 교수님께 종종 안부 인사를 드렸을 때다. 그때 내가 안부 인사랍시고 '얼른 좋은 취업 소식 들려드릴게요' 하고 말씀드렸다.
그런데 교수님께서 이렇게 답장을 주셨다.

"네가 무엇이 되어야만 네가 소중한 것은 아니란다."

이 말은 지금까지도 나의 마음에 울림을 준다. 생각해 보니 한동안 이 말을 잊고 살았던 것 같다.

나의 가치와 나의 존재에 대해서 부정하고 살았던 시간이 너무나 길었다. 이제는 누가 인정해 주지 않아도 스스로를 인정해 주고, 사랑해 주어야겠다고 다짐한다.

"너무 완벽하려 하지 마. 지금도 충분해."

4부

버티다 버티다

힘들면 놓아도 돼요

'비가 오는 날이 있고 눈이 내리는 날도 있듯이,
오늘은 그저 내 마음속에 비가 내렸을 뿐이야. 나는 믿어,
이제는 비가 그치고 예쁜 햇살이 찾아올 거라는 걸.'

우울증을 극복한 결정적인 이유

병원을 통해 증상 개선에 어느 정도 도움을 받았지만, 괜찮아진 듯하다가도 쉽게 마음이 불안해지고 증상이 재발한다는 게 문제였다. 계속 반복되는 상처와 아픔으로 마음이 힘들어지자 어느 날 이런 생각이 들었다.

마음의 병이 찾아온 근본 원인을 찾아내고 그걸 해결할 수 있다면 우울함을 끊어 낼 수 있지 않을까. 아픔에서 완전히 달아나서 달라진 삶을 살 수 있지 않을까. 아무래도 퇴사해야겠다.

아픔의 고리를 끊어 내야겠다, 결심했다.

죽기보다 무서웠던 퇴사를 결정하다

　아무리 아프고 힘들어도 퇴사를 하지 못한 가장 큰 이유는 회사에 적응하지 못하고 낙오자가 된다는 사실을 받아들이기 어려웠기 때문이다.

　물론 회사를 그만둔다고 인생에 낙오자가 되는 것은 아니지만 내가 가장 잘하고 싶었던 일을 잘하지 못하고 그만둔다는 사실을 받아들이기 어려웠다. 퇴사하는 나를 남들이 무책임하게 볼까 봐, 남들이 나를 욕할까 봐 두려웠다.

　퇴사를 결정하는 일에는 많은 용기가 필요했고

현실적인 문제를 포함하여
퇴사할 수 없는 이유는 많이 있었지만,
퇴사해야만 하는 이유는 단 한 가지였다.
지금까지 단 한 번도 해본 적이 없는
나를 위한 선택을 하기로 했다.

단 한 가지의 이유는 바로 '행복'이었다.

회사를 다니던 시간 동안 내 삶을 한 단어로 표현하면 안타깝게도 '불행'이었다. 그제야 깨달았다. 그 어떤 것도 나의 건강한 마음, 나의 행복보다 중요하지 않다는 사실을.

퇴사를 결정하게 된 시점은, 아이러니하게도 내가 가장 힘들 때가 아니었다. 정상적인 생각과 판단을 내릴 수 있을 때 퇴사 결정을 할 수 있었다. 이때의 선택을 내 인생에서 가장 잘한 선택 중 하나라고 생각한다.

올바른 생각을 했고, 올바른 판단을 했고, 올바른 선택을 했으니까.

그리고 퇴사 후 1년이 지난 지금,
나는 다행히 행복하다.

내 삶을 찾게 되었다. 쉽지 않지만 나에게 맞는 새로운 삶을 찾아 개척해 나가는 삶이 재미있고, 스스로 멋지고, 아름답다고 생각한다. 그리고 앞으로도 그런 삶을 그려 나가고 싶다. 이렇게 생각하니 두려움이 많이 사라졌다.

여전히 미래에 대한, 과거에 대한 두려움은 남아 있다. 하지만 예전처럼 두려움을 완벽히 없애기 위해 애쓰지 않는다. 그럴 수 없다는 걸 잘 아니까. 누구도 완벽할 수 없다는 걸 아니까.

오늘의 두려움이 있는 나를 받아들이고
새로운 내일을 꿈꾼다.

회사를 퇴사하는 날 생각했다.
무엇이든 부딪혀 보고 해보기로.
겁내지 않기로.

퇴사 후 어느 오후

사람마다 '퇴사'의 이유와 의미는 각자 다를 것이다. 나에게 있어서 퇴사는 '다시 사는 삶'이다. 암에 걸렸던 사람이 암 투병 끝에 완치되어 다시 얻은 삶이나, 끔찍한 교통사고 후에 죽을 고비를 거쳐 다시 살아난 삶처럼, 내게 있어 퇴사는 그런 삶과 같은 의미였다.

때는 3월 말. 세상의 푸르름이 이곳으로 모인 듯, 시원하게 느껴지는 공기의 상쾌함이 내 몸에 착 감겼다. 온 세상이 새로 시작하는 듯한 새봄의 기운을 느꼈다.

놀이터에는 아이들이 재잘재잘하는 소리, 엄마에게 사랑을 듬뿍 받으며 대화를 나누는 소리가 들렸고 아름다운 계절이 왔음을 실감했다.

파울로 코엘료의 책 <순례자>에는 이렇게 쓰여 있다.

"행복의 비밀은 이 세상 모든 아름다움을 보는 것. 그리고 동시에 숟가락 속에 담긴 기름 두 방울을 잊지 않는 데 있도다."

힘들고 지치고 우울하여 극단적으로 치솟았던 어둠의 감정들에서 벗어나 지금처럼 찰나의 순간들을 느끼고 음미해 본 적이 얼마 만인가 싶었다. 파울로 코엘료가 말하는 행복의 비밀이란, 이런 게 아닐까. 전에는 보이지 않던 세상의 많은 아름다움이 눈에 보이기 시작했다. 이 순간을 잊지 않기 위해, 내가 발견한 오늘의 아름다움을 마음속 깊이 눌러 담았다.

세상을 바라보는 시선

퇴사하고 달라진 점 중 하나는 마주치는 많은 사람에게 양보할 수 있는 여유, 마주하는 사람들에게 먼저 웃어 보일 수 있는 여유가 생겼다는 점이다. 상처받으면서 이런 시간을 잃고 살았던 것 같다. 따뜻한 시선은커녕 늘 마음이 굳어 있었다.

작은 공격에도 차갑게 변하고
누군가 나에게 상처 주지 않을까 눈치를 봤다.
상처받기 싫어서, 또 혼자 바보가 되기 싫어서.

고슴도치처럼 가시로 나를 감싸고 있었다.

앞으로는 세상을 조금 더 따뜻하게 바라보고 싶다.
마주하는 모든 것들에 사랑을 보내고 싶다.

이를테면, 뒷사람을 위해 문을 잡아 주는 여유와, 차가 오면 한쪽으로 비켜 주며 먼저 가라고 내어 주는 미소, 어르신들이 말을 걸면 잠깐의 말동무가 되어 드리는 것, 버스를 탈 때 기사님께 밝은 인사를 건네는 것이다. 나의 시선으로 이런 작은 따뜻함을 보내고 싶다.

이제는 천천히 걷고 싶다.
천천히 걸으면 많은 변화가 일어난다.

엄마랑 함께 하교하는 유치원 아이에겐 장난스러운 표정을 지을 수도 있고, 봄을 느끼는 강아지에게 인사를 건넬 수도 있다. "아가씨~" 하며 전해 주시는 전단지도 감사히 받아 볼 수 있다. 내가 줄 수 있는 최소한의 친절. 이렇게 천천히 걸으며 세상에 사랑을 보내고 싶다.

하지만 다시 상처받으면 마음은 고슴도치가 되는 걸 알기에 이제는 상처를 참기보다는 상처에서 멀어지는 연습을 해나갈 것이다.

주말이 아니어도 스타벅스는 붐빈다

　　퇴사 전 나에게는 작은 로망이 하나 있었다. 평일 낮시간 카페에 가서 커피를 마시며 여유롭게 책을 읽는 것이었다.

　　회사를 다닐 당시 근무 도중 상사들의 커피 심부름을 가게 되면, 수많은 오피스 빌딩 숲 사이의 스타벅스는 사람들로 북적북적했다. 노트북을 하는 사람, 책을 읽는 사람, 음악을 듣는 사람… 그리고 회사 심부름을 하러 온 나. 주문한 커피를 기다리며 그곳에 잠시 멍하니 서서, 저 사람들은 취준생일까 대학생일까 직장인일까 궁금해했다.

퇴사 후 그 로망을 이루고자 평일에 종종 스타벅스로 향했다. 평일 낮 시간인데도 불구하고 사람들이 정말 많았다. 그 광경이 너무 생소해 책을 한 권 펴 놓고 사람들을 슬쩍슬쩍 관찰했다.

회사 다닐 때 그토록 궁금했던 것. 평일에 이곳을 가득 채운 사람들은 도대체 무얼 하는 사람들일까. 대학생과 취준생, 그리고 나와 같은 백수만 있는 줄 알았는데 꼭 그렇지마는 않았다. 연령대도 다양했고 직업도 다양해 보였다. 취준생으로 보이는 사람들은 주로 자신의 앞에 책을 쌓아 두고 있었고, 대학생은 여러 명이 테이블을 잡고 이야기를 나누고 있었다. 얼핏 보기에 프리랜서로 일하는 사람들도 보였는데, 프리랜서로 보이는 사람들은 전화 통화를 하며 동시에 노트북 작업에 열중하는 모습이었다.

'세상엔 같은 시간도 이토록 다양하게 보내는구나.'

무언가를 열심히 하고 있는 그들을 보고 있자면 갑자기 기운이 솟았다.

"그래 나도 할 수 있어!"

이렇게 많은 사람들이 매일 평일의 스타벅스를 가득 채우고 있는데, 세상엔 이렇게 다양한 삶이 많은데, 나도 회사를 그만두고 다른 삶을 살 수 있겠구나. 내가 살 수 있는 삶은 이렇게나 다양한 모습이구나.

회사를 다닐 때 직장인으로 사는 게 마치 피할 수 없는 숙명이자 운명처럼 느껴졌다. 회사를 놓아 버리면 인생이 송두리째 날아가는 거라고 생각했고, 낙오자가 되는 거라고 생각했다. 몇 년 동안 치열한 취업 준비 끝에 들어갈 수 있었던 대기업. 그토록 바라던 꿈의 직장. 내 마음에 계속 상처를 주는 것만 빼고는 모든 게 완벽한 직장.

지금 생각해 보면 조금 잘못 생각한 것 같다.

회사를 다니는 것이 잘못 생각했다는 것이 아니라,

계속 상처받으면서 상처를 참으려고만 했던 것.

내가 앞으로 다시 회사에 들어가게 될지 어떤 일을 하게 될지는 모른다. 다만 세상에는 다양한 삶이 존재하기에, 지금 내가 있는 곳이 나에게 계속 상처를 주는 곳이라면 꼭 이곳이 아니어도 된다. 다른 곳에서 다른 삶을 살아도 된다.

이제는 상처를 참는 것이 미래에 행복을 가져다준다고

생각하지 않을 것이다.

나는 '지금'의 행복을 모으면서 살아가고 싶다.

누구든 새로운 삶의 방식을 선택할 수 있고
언제든 다시 시작할 수 있다.
꼭 지금까지 살아온 방향이 아니어도
운명은 언제든 새롭게 만들어 갈 수 있다.

나를 받아들이는 시간

우린 누구나 부족하지만
누구나 장점이 있으며
누구나 나다움이 담긴 아름다움이 있다.

내가 가진 장점과 단점들이 다른 사람과 구분되는 나다움을 만들어 준다. 이 글을 읽는 누군가가 자신의 부족한 점으로 스스로를 너무 오래 괴롭히지 않았으면 좋겠다. 부족함을 안아 줄 손을 스스로에게 내밀 수 있었으면 좋겠다. 부족한 모습에도 서로 손을 내밀어 줄 좋은 사람을 만날 수 있었으면 좋겠다. 그것만으로 인생이 완벽하진 않아도 충분해질 수 있으니까.

나는 앞으로도 있는 그대로의 나를 받아들이는
방법을 배우며 살아가고 싶다.

작가 '고레에다 히로카즈'가 말했다.
"가슴속 슬픔에 대해 누군가에게 말할 수 있다는 점이
인간의 씩씩함이자 아름다움 아닐까"라고.

우리가 자신의 상처를 말할 수 있고 솔직하게 고백할 수 있는 것은 나 자신에 대한 이해이자, 살아온 삶에 대한 긍정이다. 있는 그대로의 우리와 우리의 과거를 인정하고 받아들일 때, 우리의 치유는 거의 다 끝났다고 말할 수 있다.

수많은 방식이 나를 치유한다

　식물 키우는 걸 좋아하는 남편은 시시때때로 꽃집이 보이면 식물을 보며 이거 들일까 저거 들일까 말한다. 신혼집에 들어오면서 그런 남편 덕에 둘만 살기에도 비좁은 집이 식물로 가득하다. 그리고 막상 집에 식물을 데려오면 키우는 것은 집에 머무는 시간이 긴 내가 해야 할 몫이 된다. 남편이 식물을 사려고 하면 말리는 것이 이제는 하나의 소소한 재미로 느껴진다. 데려온 식물을 말라 죽일 수는 없기에 책임감을 갖고 인터넷을 뒤지며 식물을 잘 키우기 위해 고민한다. '식물 키우기'는 일종의 미션이 되었다.

식물을 키우다 보면 깨닫는 사실이 하나 있다. 하나의 요소가 아닌 정말 많은 요소들이 모여 식물의 건강한 성장에 작용한다는 점이다.

물도 잘 주어야 하고, 햇빛도 잘 쐬어 주어야 하고, 흙도 좋은 흙이어야 하고, 바람도 잘 통해야 한다. 종종 영양제도 사서 놓아 주어야 한다. 사랑한다, 예쁘다는 칭찬의 말도 자주 해주어야 한다.

이런 여러 요소들 중 하나의 요소 또는 몇 가지 요소가 소홀해서 시들려고 하는 모습이 보이면 얼른 다시 관심을 보이고 언급한 여러 가지 방법들을 시도하여 건강하게 살려낸다.

식물을 보면 사람과 많이 닮았다. 시들어 가던 식물이 되살아나는 것을 바라보며 문득 사람도 마찬가지가 아닐까 하는 생각이 든다. 나도 우울증에서 치유되기 위해 수많은 노력을 했다.

책도 읽고, 필사도 하고, 스스로에게 하는 긍정 확언도 했고, 매일매일 달리기와 운동도 하고, 상담사와 의사 선생님도 만나 보고, 약도 먹었다. 덕분에 이전보다 건강해진 마음으로 용기를 내서 퇴사를 결정할 수 있었다. 수많은 방식

을 시도하며 깨달은 점은 이 모든 요소가 내게 도움이 되었
다는 것이다.

수많은 요소가 말라 가는 식물을 되살렸듯,
수많은 요소가 나를 회복시킨 것이다.

하나의 노력만으로 당장 원하는 모습이
되지 않아도 실망하지 않았으면 좋겠다.
나를 위한 노력 하나하나가 모여 시간이 지나
삶을 더 예쁘게 완성해 줄 것이다.

타고난 성향

이전에 방영한 프로그램 중에 <나의 첫 사회생활>이라는 프로그램이 있다. 5~7세 아이들의 유치원 일상을 스태프의 개입 없이 촬영한 뒤, 패널들이 녹화된 영상을 보며 아이들의 행동에 대해 얘기를 나누는 프로그램이다. 고정 멤버인 연예인 외에 아동 발달 전문가와 해당 분야 교수님들이 패널로 나와 함께 대화하기 때문에 아이들의 행동에 전문적인 분석이 더해진다.

5회 방영분에서 게임으로 아이들끼리 씨름을 하는 장면이 나온다. 아이들이 씨름을 하는 자체보다 씨름이 끝나고 승부가 정해진 뒤의 반응에 주목해야 된다.

승과 패 두 가지 중 하나의 결과를 마주했을 때 아이들은 어떤 반응일까? 성인인 우리 입장에서는 단순히 이긴 아이는 뛸 듯이 좋아할 것이고 진 아이는 울면서 끝이 날 거라고 생각했다. 하지만 우리들의 예상은 보기 좋게 빗나간다.

포인트는 게임에서 진 아이의 반응이다. 진 아이들은 모두 다 각기 다른 반응을 보인다. 진 아이들 모두가 울지도 않는다. 어떤 아이는 우리의 예측대로 울지만, 다른 아이는 졌음에도 불구하고 깔깔대며 웃는다. 울었던 아이 중에는 자리로 돌아오자 금세 잊는 아이가 있는 반면, 게임을 다시 하자고 해서 세 번이나 게임을 다시 하는 아이도 있었다.

이긴 아이를 살펴보면, 처음에는 좋아하지만 진 아이의 반응에 따라 감정이 변한다. 울음을 터트린 상대방을 보며 당황하는 표정을 짓고 만감이 교차하는 표정을 얼굴에 드러낸다. 아이들이라 그런지 그런 감정 변화들이 모두 얼굴에 드러난다(정말 귀엽다). 심지어 어떤 아이는 져서 울었던 아이에게 져주기 위해 게임을 다시 하자고 한다.

이렇게 아이들 하나하나가 각기 다 다른 반응을 한다. 다른 반응을 보이는 건 아이들마다 타고난 성향이 다르기 때문이라고 한다.

프로그램을 보면서 나에게 참 많은 위로가 되었다. 살아가면서 똑같은 상황이어도 누구는 잘 견뎌 내고 누구는 힘들어하고 누군가는 상처받지 않고 누군가는 오래 상처받는다. 그것이 개인의 문제가 아니라 개인마다 타고난 성향이 다르기 때문이라는 사실을 알게 되니 마음에 안도가 되었다. 각자의 성향으로 살아온 우리들이기에 우린 서로 성향이 다를 수도 있고 또 같을 수도 있다.

인생의 시간은 유한하기에 나의 삶을 성향이 잘 맞는
사람들과 더 오래 함께 보내고 싶다.
남들과 다른 내 모습에 자책할 필요는 없다.
나는 원래 남들과 다르니까.

내가 원하는 것, 내가 좋아하는 것, 내가 희망하는 것을 위해 노력해 나가고 싶다. 주위에서 말한다. 그것은 내 색깔을 찾아가는 여정이라고.

나를 평가하는 사람들의 시선이 두려웠던 적이 있다.
그런데 '그 사람 생각은 그 사람 마음대로 하라고 해'
라고 생각해 버린 순간부터 가슴 한편에 해결되지

않던 무거운 마음이 날개를 단 듯 가벼워졌다.

"넌 네 마음대로 해. 난 내 마음대로 할게."

힘든 사람 앞에서 하면 안 되는 말
'누구나 다 힘들어'

　힘든 시간을 겪는 동안 내게 상처가 된 말들이 있는데, 그중 가장 상처가 되었던 말은 '누구나 다 힘들어'라는 말이었다.
　힘들다는 감정은 힘든 사람이 느끼는 감정이다. 감정은 누구와 비교할 수 있는 게 아니다. 굳이 남들과 비교해서 내 힘듦이 작다며 어떤 부분에서 '난 힘들어하면 안 돼'라고 생각하거나, 남들의 고통이 별것 아닌 것처럼 치부하면 안 된다. 그럼 그때부터 더 힘들어지기에….
　누군가에게는 편의점 직원의 퉁명한 말투가 자신의 하

루를 망쳐서 분을 삭여야 하는 일일 수 있지만, 또 다른 사람에게는 그저 '저 사람이 오늘 뭔가 기분이 안 좋은가' 하고 넘길 수도 있다. 마찬가지로 수능을 망친 것이 누군가에게는 삶이 무너지는 듯한 고통이 되어 아무것도 할 수 없는 상황일 수 있지만 다른 누군가는 받아들이며 힘든 시간을 비교적 빠르게 지나가기도 한다.

내게 또 상처가 되었던 다른 말은, 힘든 일로 생각이 많은 내게 "여유가 있나 보네, 많이 바쁘면 생각할 여유도 없어"였다.

진짜 그런 건가 싶어 바쁘게 살아 보기도 했지만 바쁜 것과 힘들다는 생각은 아무런 상관이 없었다. 바쁜 와중에도 힘든 일에 대한 생각은 여전히 날 괴롭혔다.

그런 말들이 알게 모르게 내게 상처가 되었고 이후로는 나를 이해 못 할 사람에게는 나의 이야기를 아예 꺼내지 않게 되었다. 나의 힘듦에 공감하지 못하는 사람에게 힘들다는 이야기를 하면, 얘기한 뒤에 불편한 마음만 들었다.

만약 지금 당신이 힘들다면 많이 힘든 것이다.
내 힘듦에 의심을 가질 필요는 없다고 생각한다.

남의 눈으로 내가 살아가는 세상을 보지 않고
나의 눈으로 내 마음을 바라보고
내가 살아가는 세상을 바라볼 수 있었으면 좋겠다.
나만이 진정한 내가 될 수 있고 내 마음을 볼 수 있기에.

5부 일상이 행복으로 돌아오다

나를 위한 작은 다짐

아직 마음속에 남아 있는 두려움.
때론 약해지는 마음.

그럼에도 더 단단해질 거고,
다시 일어설 것이라는 의지와 믿음.
힘든 상황은 분명히 더 좋아질 거라는 확신.

어떠한 상황에서도 행복을 찾을 거라는
긍정을 갖고 하루를 살아보는 것.

또다시 무기력할 때

어김없이 무기력함이 찾아올 때가 있다.
누군가 툭 치면
금세 무너질 것 같은 마음.

마음이 힘들 때면
날씨를 생각해 보기로 한다.

비가 올 때도 있고
해가 뜰 때도 있고

흐릴 때도 있다.

마음도 날씨와 같다.

억지로 날씨를 밝게 할 수 없는 것처럼, 언젠가 마음의 날씨가 어두워진 날 마음을 억지로 밝게 하려 하지 않는 것이 좋다. 그럴 땐 그저 우울한 마음, 무기력한 마음을 받아들이고 하루 종일 누워서 잠을 자거나 영화를 보는 것이다. 그건 단지 손가락만 까딱하면 되는 일이다. 크게 특별하거나 어려운 일이 아닌데, 쉽게 괴롭고 우울한 마음을 지나가게 해준다.

그런 날들을 보내고 나면, 어느샌가 해보고 싶은 것이 생기고 다시 움직일 수 있게 된다. 그 아주 작은 움직임을 통해 또 새로운 것을 희망할 수 있게 되며 꿈이 생기기도 한다.

그러니 열심히 달리다 어느 날 무기력한 순간이 오면 할 수 있는 소소하고 작은 일로 하루를 보내면 좋겠다.

무기력을 극복하는 건 어렵지만 무기력한 시간을 마음이 편한, 소소하고 작은 시간들로 채우는 건 어렵지 않다고 생각한다.

그렇게 채우다 보면

어느새 무기력을 지나갈 수 있지 않을까.

숨 쉴 수 있는 공간

'내가 숨 쉴 수 있는 공간.'

나는 여러 곳에 그런 공간이 있다. 한 곳은 서점이고,
한 곳은 남편이 출근한 뒤에 앉아 있는 거실 의자가 그랬고,
한강 공원에도 나만이 아는 내 아지트가 있다. 또 한 곳은
지금은 운영하지 않지만 파주에 있었던 글배우 서재가 그
랬다.

주말이든 평일이든 낮이든 밤이든 고요한 그 공간에서
나는 치유의 시간을 갖곤 했다. 오롯이 나에게 집중할 수 있

는 시간을 통해서.

복잡한 생각에서 벗어날 수 없다면
지금 머무는 공간에서 벗어나
새로운 공간에 가 보면 좋다.

그곳에서 내가 마음을 놓을 수 있다면
나에게 좋은 공간이 되며,
좋은 공간에서 지쳤던 숨을 내쉬는
치유의 시간을 가질 수 있을 것이다.

다시 태어났다고 생각했던 날이
인생에 두 번 있었다

짐작 가능하겠지만 하나는 퇴사를 했을 때다. 퇴사하고 나서는 다시 태어난 거라 생각했다. 죽었다가 다시 사는 삶. 힘들 때 죽어 버렸다면 없었을 인생인데, 지금 이렇게 살아 있으니 공짜로 얻은 삶이라는 생각이 들었다.

그렇게 한 번 죽었다고 생각하니, 오히려 삶에 대한 소중함을 얻었다. 죽음을 생각할 때 삶이 더 애틋해진다는 말이 사실이다. 물론 용기 있게 다시 살아가는 순간에도 겁이 날 때가 있다.

누가 지금의 내 모습이 결과가 없다고 비웃으면
어쩌지, 누군가 배려 없는 말들로 나를 아프게 하면
어쩌지, 내가 지금 잘하고 있는 걸까?
이대로 나아가면 될까?

그러던 어느 날 다시 태어난 두 번째 날이 찾아왔다. 그날은 스페인에 있는 성지순례 길인 '산티아고 순례길'에 오르기로 결정한 날이었다. 사실 퇴사를 결정하고 다시 사는 삶이라 여기며 용기 내어 살아가고 있지만 마음 깊은 곳에 두려움이 남아 있었다. 그러다 문득 40일 동안 산티아고 순례길을 걷고 오면 그 깊은 상처가 치유될 수 있을 거라는 생각이 들었다.

하지만 생각이 들자마자 포기할 수밖에 없었다. 나는 이미 결혼을 했고 가정이 있으니까. 40일간 남편 혼자 집에 둘 순 없다는 생각이 들었다. 게다가 여행 비용은 내가 열심히 일해서 보상으로 받은 퇴직금이지만, 가정이 있는 내가 나만을 위해서 그 돈을 써도 될까. 말이 안 된다고 생각했다. 남편에게 말할 수 없었고 집에서 며칠을 끙끙 앓았다.

며칠을 끙끙 앓다 보니 티가 났는지 어느 날 남편이 먼저 "산티아고 순례길 가고 싶어? 그럼 가자"라고 얘기했다.

'말 한마디 입 밖으로 꺼낸 적 없는데 어떻게 된 일이지?'

알고 보니 내가 매일 유튜브로 찾아보고, 인터넷에 검색하고, 갔다 온 주변 사람에게 수소문해 물어보면서 남편이 알게 된 것이었다. 사랑하면 상대방을 오래 바라보게 되고 오래 바라보면 상대방이 무엇으로 힘들어하는지 무엇이 필요한지 보인다는 말이 떠올랐다.

'아, 남편은 부족한 나를 여전히 많이 사랑해 주는구나'라는 든든한 마음이 차올랐다. 그렇게 남편의 응원으로 산티아고 순례길에 오르기로 했다. 생일날에 맞춰 비행기 표를 끊었다. 비행기 표를 끊은 순간부터 진짜로 갈 수 있다는 실감이 들었다. 정말 꿈만 같았다.

그런데 놀라운 점은 비행기 표를 끊은 그 순간부터 마치 내가 그곳에 다녀온 사람처럼 달라졌다는 것이다. 산티아고 순례길에 가기로 결정되니, 이미 다녀온 것처럼 용기가 났다. 아직 가지도 않았는데 꼭 다녀온 사람처럼 말이다. 지금의 내가 어떤 상처가 있든 산티아고를 다녀오면 괜찮아질 거란 생각이 들었고 산티아고에 갈 것을 결정했으니, 이제 다 잘될 것이라는 용기를 얻을 수 있었다.

다시 태어난 느낌이었다. 이루고 싶은 꿈이 있다는 것

과 그 꿈으로부터 오는 희망이 있다는 것이 정말 중요하다는 생각이 들었다. 결국 코로나 사태로 인해 산티아고를 가지 못하게 되었지만, 가기로 결정했던 그날의 용기로 책도 쓰고 내 아픔을 고백하며 여기까지 올 수 있었다.

망신당할까 봐 두려운 나.
실패할까 봐 두려운 나.
비웃음거리가 될까 봐 두려운 나.

예전의 나는 두 번 죽었다.
그리고 나는 다시 태어났다.

좀 더 담대하게 씩씩하게 세상을 살아가고 싶다. 살아가다 보면 또 엎어지는 때가 오겠지만, 쉬었다가 다시 일어서면 그만이다.

힘든 일은 없는 게 제일 좋다

하지만 힘든 시간을 만났다고 너무 두려워할 필요는 없다. 그 시간은 당신을 더 단단하게 만들어 줄 것이고 앞으로의 당신을 더 잘 살아갈 수 있게 도와줄 것이다.

내가 너무나 불완전했던 아픔의 시간을 지나 아프기 이전보다 지금의 모습을 더 사랑할 수 있게 된 것처럼. 지금의 모습이 더 좋은 건 아프기 이전에는 생각하지 못한 나를 이해하며 살아가는 삶의 중요성을 깨달았기 때문이다.

만약, 당신이 아픔의 시간을 만나지 않았다면

아픔을 만나지 않았기에 소중한 시간일 테고
아픔의 시간을 만났다 해도
당신은 분명 아픔을 잘 지나갈 것이다.

자신을 더 이해하고 사랑하며
살아갈 수 있게 될 거라 믿는다.

자아 형성은 30대까지도

많은 책과 연구 결과에서 성인이 돼서도 어떤 경험을 하는지, 어떤 사람을 만나는지가 앞으로의 자아를 형성하는 데 많은 영향을 미친다고 한다.

'그때는 맞고 지금은 틀리다'라는 말이 있다.
20대 때 옳다고 생각했던 일들이
지금 30대에 와서 생각해 보면 틀린 일도 있다.
또 30대에 옳다고 생각했던 일들이
분명 40대에는 틀린 일로 생각되는 일도 있을 것이다.

나이에 따라 생각이 달라지고 보이는 것이 달라지기
때문이다.

이렇게 시간이 지나 과거에 들었던 생각이 언제든 달
라질 수 있다. 예를 든다면, 예전에는 사람들이 비싼 돈을
주고 한 달을 넘게 그 먼 나라 스페인에 가서 산티아고 순례
길을 걷는 게 전혀 이해되지 않았지만, 지금의 나는 꼭 가고
싶은 간절함으로 산티아고 순례길을 꿈꾸고 있다.

사람은 언제나 바뀔 수 있고, 나 역시 언제든 변할 수
있다. 이해 안 됐던 것들이 이해될 수 있고, 이해되던 것들
이 이해 안 되기도 한다.

그러니 언제라도 내가 나를 받아들일 수 있게 마음에
문을 열어 두어야겠다. 다양한 모습의 나를 미워하지 않고
받아들일 마음의 준비를 해야겠다.

"남들과 다른 모습인 건 잘못이 아니야.
네가 세상에 하나뿐인 특별한 존재이기 때문에
다를 수밖에 없는 거야."

생각보다 우울증을 겪는 사람이 많다

깊은 우울함으로 힘들 때 '나와 같은 사람들은 없을까? 나 혼자만 이런 걸까?' 하는 생각으로 시작해 결국 '이런 사람은 나뿐인가 봐, 내가 정말 이상한가 봐' 하는 결론을 내리며 절망하곤 했다.

그러나 지금은 과거의 나처럼 '내가 정말 이상한가 봐'라는 생각을 갖고 있는 사람들을 위한 유튜브 채널을 운영하고 있다. 채널을 운영하며 나와 비슷한 경험을 한 사람들을 많이 만났다.

유튜브를 하다 보면 수많은 장문의 메일을 받게 되는데, 나의 과거와 비슷한 경험을 겪는 중인 사람들이 많아서 나처럼 마음이 아픈 사람들이 세상에 많다는 사실을 깨닫곤 한다.

과거에 내가 겪은 일과 비슷한 길을 걷고 있는 사람들을 만나고 그분들과 소통을 하다 보면, 되레 내가 어디에서도 받을 수 없었던 위로를 받는다.

'나만 그런 것이 아니구나…'
'누구나 비슷한 일로 괴로워하고
아파할 수 있는 거구나…'
라는 안도와 위로.

최근에 친구들 모임에 갔다. 회사 동료들의 모임이었다. 회사 생활을 하면서 이런저런 고충을 5년 동안 나눈 사이라, 깊은 대화가 오고 가는 모임이다.

어느 날 나의 우울증을 커밍아웃 했던 날이었다. 조심스레 이야기를 꺼냈는데, 돌아오는 답변은 놀라웠다. 그 모임 중 모두가 우연하게도 정신과를 다니거나 약을 복용 중이거나 복용한 적이 있다고 했다.

말을 하지 않을 뿐이지 이 세상에는 마음이 아픈 사람들이 참 많다는 생각이 들었다. 어쩌면 내가 도움의 손길을 요청하면, 먼저 경험했던 사람들이 손을 잡아 줄 수 있을지도 모른다. 세상에 나 혼자인 것 같지만 혼자가 아니다.

혼자 힘들다면,
나만 이런 것 같아서 버겁게 느껴진다면
주변에 손을 내밀어 봐도 좋을 것 같다.

내 아픔과 닮은 누군가의 아픔이
당신의 손을 잡아 줄 것이다.

혼자서 모든 걸 다 감당하려 하지 말자.

그건 너무 외로운 일이다.

우울증은 누구나 찾아온다

　얼마 전 유튜브 채널 구독자로부터 메일을 한 통 받았다. 그녀는 현재 삶이 너무 힘들어서 견디기 힘들다며 도움을 요청했다. 힘들어하는 그녀에게 해주고 싶은 말이 참 많았다. 하고 싶은 이야기를 담아 장문의 답장을 보냈다.

　먼저 그녀를 위로해 주고 싶었다. 많이 힘들었겠다고, 고생 많았다고, 얼마나 아팠겠냐고. 그리고 그녀가 겪은 일들과 힘들어하는 상황에 공감도 해주었다.

　그리고 내가 힘든 시기 동안 듣고 싶었던 많은 말들을

해주었다. '모든 게 네 잘못만은 아니라고', '너무 착해서 겪은 일들이라고', '좀 더 강해져도 좋다고' 말했다.

　마지막으로 그녀가 힘을 낼 수 있는 말을 해주고 싶었다. 힘든 상황에서도 포기하지 않고 여기까지 와준 자신의 삶에 자부심을 가져도 될 만하다고, 버텨 준 그녀가 멋지다고 얘기해 주었다.

　이후 몇 번의 메일이 오갔고, 그녀는 마침내 홀가분해졌다고 말했다. 가끔은 내가 위로한 그들이 부러울 때가 있다. 사람들에게 해준 말은 힘들 때 내가 듣고 싶었던 말이었기에.

　정말 힘들 때는 따뜻한 말 한마디가 큰 빛이 되어 마음을 비쳐 줄 때가 있다.

　그때 우울한 안개는 걷히고 상대에 대한 고마움과 함께 내가 소중한 사람이구나 하는 안도가 생긴다. 다시 잘 살아가고 싶다는 마음이 든다. 그래서 힘듦을 이야기하는 사람에게는 정답도 조언도 필요 없다.

　그 마음을 알아주는 따뜻한 말 한마디면 충분하다.

"지금 마음이 많이 아프고 힘들겠다."

"지금의 상황이 무섭고 두렵겠다."

"지금이 버겁고 힘들어 도망치고 싶겠다."

"네 마음을 이해해
 네 마음을 누구보다 이해하고 공감해."

힘든 시기를 함께해 준 사람이
인생에서 가장 좋은 사람이다

남편은 내가 힘든 시기에 함께 있어 준 유일한 사람이
다. 어느 날 남편에게 물었다.

어떻게 어둡고 웃지도 못하고 아파하는, 힘들어하는
내 옆에서 떠나지 않고 나를 지켜 줄 수 있었는지.

남편은 말했다.

예전에 아프지 않았을 때의 모습을
잘 알고 있기 때문이라고.
그저 지독한 독감에 걸린 것처럼,

아픈 시간이 지나갈 때까지 기다린 것뿐이라고.

모든 아픔은 결국 지나가니까,
아픔의 시간 뒤에
누구보다 밝게 웃을 당신을 보고 싶었다고.
그렇게 독감이 지나가면
함께 힘든 시간을 잘 견뎠다고 고생했다고
말해 주고 싶었다고.

그 말을 듣고 남편은 내게 참 좋은 사람이라는 생각이 들었다. 힘든 시기를 함께해 주었으니…. 그러면서 한편으로는 내 인생에서 중요하지 않은 사람을 너무 많이 의식하고 생각하느라 정말 중요한 사람에게 그동안 소홀했던 건 아닐까 하는 반성을 했다. 남편에게 잘해야겠다. 내게 좋은 사람이니까.

결혼 생활

좋아해서 연애를 시작했고, 연애를 하며 사랑을 하게 되었고, 헤어지기 싫어 결혼을 했다. 그렇다고 사랑의 결실이 결혼이라고 생각하지는 않는다.

두 사람이 원하면 결혼할 수 있고, 사랑하지만 비혼주의자라면 결혼하지 않을 수도 있다고 생각한다. 결혼을 해야 사랑이 완성되는 건 아니니까.

결혼을 하더라도 인생은 혼자가 맞다. 배우자가 나의 인생을 바꿔 주거나 내가 마주한 문제를 직접적으로 해결해 주거나 책임져 주지 않는다.

다만 진실 된 사람과 결혼하게 된다면

세상 사람들이 전부 나를 비난하더라도

오로지 내 편이 되어줄 한 사람은 존재하게 된다.

혼자 버티다 버티다 정말 힘들 때,

마음껏 나의 속마음을 털어놓을 한 사람이 존재하게 된다.

시간은 지나가고 아픔은 희미해진다

나는 나의 상처를 통해 사람들의 아픔에 공감하며 위로해 주는 유튜브 채널을 운영하고 있다. 채널을 보고 여러 매체로부터 인터뷰 요청을 받게 되었고 그중 'TBS 시민의 방송'에서는 엄마와 함께하는 촬영을 의뢰해 왔다.

엄마와 촬영을 한다는 것 자체가 감회가 남달랐지만, 당시에 부모님께서는 내가 우울증 경험담이 담겨 있는 유튜브 채널을 운영한다는 사실을 몰랐기 때문에, 마음이 복잡했다. 부모님께 유튜브 채널을 공개한다는 건 내가 세상에서 가장 행복하길 바라는 이에게 가장 힘들었던 아픔의 시간을 고백하는 것과 같았다.

　물론, 부모님께서 그동안 있었던 나의 상처를 전혀 모르고 계셨던 것은 아니다. 어느 날 회사에 가기 싫어 밤늦게까지 불안한 마음으로 힘들어하고 있었다. 그때 우연히 엄마에게 전화가 왔고 "밥은 잘 먹고 다니니?"라는 한마디에 하염없이 눈물이 터져 나온 적이 있었다.

　'그동안 이 울음을 얼마나 참았는데….'
　'부모님에게만큼은 잘 지내는 모습만 보여 드리고
　싶었는데…'라는 마음과 함께 눈물이 하염없이
　흘러내렸다.

　그날 엄마는 아무 말도 없이 아빠와 함께 곧장 지방에서 내가 있는 서울로 올라오셨다. 부모님께서도 퇴근하고 바로 오신 후라, 많이 피곤하셨을 텐데 시종일관 나를 걱정하며 상다리가 부러지도록 밥과 반찬을 차려 주셨다. 나는 그날을 잊을 수 없다.

　마음이 아프면서…
　미안하면서도…

따뜻한 사랑이 느껴져 가슴이 아팠던 그날을.

잠시나마 회사 생활에 지쳐 차가워진 마음이 따뜻한 온기로 채워졌다. 그러나 시간이 흘러 큰 사단이 나고야 말았다. 어느 날 다시 엄마에게 전화가 왔다. 이번에는 울지 않으면서 최대한 괜찮은 척 대화하며 자연스럽게 전화를 끊었다고 생각했는데, 그날 전화를 끊고 부모님이 집으로 올라오셨다.

내 목소리를 듣고 애써 괜찮은 척하는 마음을 바로 눈치채신 것이었다. 당시에 남자친구였던 지금의 남편이 지방에서 퇴근 후 우울증과 불안 증세로 힘들어하는 나를 달래 주기 위해 매일 찾아올 때였는데, 갑작스러운 부모님의 방문이 당황스러웠다.

그 이유는 부모님과 남편이 마주치면 지방에 있어야 할 남편이 지금 이 시간 이곳에 올라온 이유에 대해 말해야 되고 그럼 내가 지금 얼마나 힘든 상태인지, 아픈 상태인지 이야기해야 되는데 그럴 자신이 없었다. 그렇다고 얼토당토않는 거짓말을 할 여력도 없었다. 이미 감정 상태가 조절이 되지 않았기에 이성적으로 판단하고 이야기하기 어려웠다.

그래서 그날 아무 말도 하지 않고 집으로 찾아오신 부모님을 피했다. 그렇게 피하고 피하다가 몇 시간이 흘러 결국 남편의 권유로 부모님을 마주해 이야기하게 되었다. 나는 감정 컨트롤을 할 수 없었고 결국 왜 말도 없이 찾아오느냐며 소리를 질렀다. 내 행동이 평소와는 달랐고 정상적인 행동 범주를 넘어서, 지금 상황에 대한 극도의 거부감을 보였기에 그 심각성을 짐작하셨을 것이다. 그렇게 부모님은 마음의 준비도 되지 않은 채, 내 상태에 대해서 알게 되셨다.

그날은 모두에게 상처가 된 날이다. 우리 가족은 지금도 이 날에 대해 이야기하지 못한다. 그 이후로 나의 아픔을 가족에게 보이지 않기 위해 노력했다.

그랬던 내가 이제는 아픔에 대해 다른 사람에게 이야기하며 엄마와 함께 인터뷰를 할 수 있을 정도로 괜찮아졌다.

그동안 나의 아픔에 대해 받아들이고 아플 수밖에 없었던 시간에 놓인 나를 이해하기 위해 애써서일까, 나의 모습을 조금 덜 미워하고 조금 더 아껴 주게 되었다. 과거의 아픔을 이야기하는 것에 대한 두려움이 많이 사라졌다.

예전에는 우울증에 걸린 일, 그로 인해 퇴사를 하게 된 일 모두 숨겨야 한다고 생각했다. 나를 아는 사람들이 나를 이상한 사람이라고 생각할까 봐, 속상하고 두려워 혼자 뒤에 숨어서 울었다.

하지만 지금은 그렇지 않다. 나를 이해하고 받아들인다. 나를 부정하고 사랑하지 못했던 많은 날을 지나며 내가 어떻게 살아야 할지 가슴으로 깨닫게 되었다.

유튜브에 나의 아픔을 용기 내서 공유하자, 공감해 주는 분들이 계셨고 누군가에게는 위로가 되기도 하고 나에게는 결과적으로 많은 기회들이 주어졌다. 이렇게 책을 쓸 기회도 생기고 말이다.

당신이 만약 마음이 아픈 상태라면 당신은 이상한 사람이 아니라고 말하고 싶다. 나는 힘들어하는 당신의 손을 꼭 잡아 주고 싶다.

그리고 이렇게 말해 주고 싶다.

오랫동안 우울증을 겪어 왔던 나도 완벽하게는 아니지만 일상의 작은 행복을 느낄 만큼 괜찮아졌으니 당신도 괜찮아질 수 있다고.

시간은 지나가고

아픔은 희미해지고

웃음은 짙어지고
마음은 설레며
입가에 미소가 스며드는
그런 날을 만나게 될 거라고.

그러니 지금 울고 있다고 해도
아무것도 포기하지 말라고.
당신을 위한 날들이 기다릴 테니까.

6부 윤지비 Q&A

무기력이 찾아왔을 때 극복하는 방법

1) 무기력이 찾아왔다는 것을 인지하고, 잠시 머물다 지나갈 때까지 스스로에게 충분히 시간을 주겠다고 다짐한다.

2) 무기력하게 있을 수 있는 만큼 무기력해져 본다. 잠을 많이 잔다. 아무것도 하지 않고 누워 있는다. 뭐든 괜찮다. 누워서 넷플릭스, TV, 유튜브 등을 본다. 처음엔 보고 싶은 것부터 시작해서, 조금씩 필요한 것을 알아보는 방향으로 나아간다(무기력에서 일어날 수 있도록 도와주는 영화 등).

3) '이제 좀 움직여야 하지 않을까' 하는 생각이 들 때 한 번 더 쉰다. 그때부터 쉬는 것이 나에게 회복의 시간으로 작용한다는 것을 깨달았다. 이대로 조금 더 쉬고 싶지만 지금 이 순간 다른 사람들에 비해 아무것도 하지 않는 것이 불안한 마음으로 다가와 마지못해 움직이게 된다면 작은 움직임도 버겁게 느껴지고 금세 에너지가 바닥나게 된다.

지금은 텅 빈 마음에 에너지를 충분히 채워야 할 때다. 할 일이 없는 사람인 것처럼 하루를 살아 보는 것. 너무 많은 생각과 너무 많은 해야 할 일들을 힘겹게 해오느라 무기력한 시간을 만난 누군가에게는 게으른 시간이 꼭 필요하다.

4) 해가 지면 잠을 자고, 해가 뜨면 일어난다. 기상 시간은 정해 놓지 않는다. 휴대폰 알람도 모두 끈다. 자연적으로 햇빛에 의하여, 충분한 수면 후, 따뜻한 햇살을 알람으로 일어날 수 있도록 몸과 마음이 쉴 수 있는 환경을 만들어 준다. 충분한 수면을 취한다면 좀 더 빠르게 무기력을 벗어나는 데 도움이 된다.

5) 조급해하지 말고 마음이 원하는 것을 따라간다. 남들이 보기에는 의미 없어도, 나에게는 의미 있는, 작고 소소

한 행복을 가져다줄 수 있는 일들을…. 시원한 아이스아메리카노를 내려 마시거나, 집 앞 동네 산책을 나간다거나, 설거지와 분리수거 등 집 안 청소를 하는 것들이 무기력에 작은 활력을 더해 줄 수 있다.

6) 의욕이 충만해질 때까지 마음을 기다려 준다. 회사를 다니는 사람은 금요일 하루 휴가를 내서 목요일 저녁부터 쉬는 것도 방법이다.

이렇게 무기력에 빠질 때는 마음이 온전히 쉴 수 있도록 해준다면, 오히려 무기력에서 벗어나는 데 도움이 된다. 그렇게 무기력은 잠시 왔다 가는 손님처럼 어느 순간 지나간다.

퇴사를 고민하고 있다면

퇴사를 고민하는 사람에게 하고 싶은 두 가지 이야기.

첫 번째, 퇴사 결정은 정말 신중해야 한다. 아마 퇴사 경험이 있는 모두가 이 말을 할 것이다. 어렵게 들어간 회사를 무언가 맞지 않는다고 홧김에 퇴사했다간 나만 손해 보는 일이 현실로 다가오기 때문이다. 나를 힘들게 한 사람은 따로 있는데 정작 직장을 잃고 차가운 현실을 마주해야 하는 건 내가 되어 버리기 때문이다.

두 번째, 퇴사라는 결정 말고 여러 가지 다른 대안도 존재한다는 것이다. 그 대안들을 고려하지 않고 퇴사를 한다면 후회할 가능성이 더 높아진다고 생각한다.

다닐지 말지만 생각하는 이분법적 사고로 퇴사를 하게 되면, 나중에 나를 힘들게 하는 회사로부터 멀어져서 마음이 회복되어도 다시 우울해질 수 있다. 무엇이든, 어떤 이유이든 퇴사를 결정했는데 원하던 모습이 아닐 때, 직장에 대한 상실감과 함께 또다시 우울한 상태가 될 수도 있다는 말이다. 퇴사 결정을 하기 전에는 반드시 이 부분을 기억하면 좋다.

나는 퇴사를 함과 동시에 직장을 잃었을 뿐만 아니라, 회사를 통해 얻었던 수많은 혜택과 복지, 그로 누렸던 높은 삶의 질 또한 모두 잃었다.

다른 지역의 근무지에서 근무했던 남편이 나와 함께 근무하기 위해 서울 본사까지 오게 된 오랜 노력의 시간들이 의미가 사라졌으며, 그로 인해 비싸게 주고 얻은, 회사에서 세 정거장밖에 안 되는 서울의 신혼집 또한 그 의미를 잃었다. 무엇보다 내가 회사에서 펼치고 싶었던 오랜 꿈을 내려놓아야 했다.

그럼에도 불구하고 나는 퇴사를 후회하지 않는다. 이

유는 단 하나. 퇴사를 하고 나니 매일 생각했던 '불행'이라는 단어가 '행복'이라는 단어로 바뀌었기 때문이다.

나에게는 퇴사가 맞는 선택이었다. 물론 예전보다 배는 고프지만, 마음이 이전보다 행복해졌다는 이유 하나만으로 나는 만족스럽다. 퇴사를 고민하고 있다면 충분히 고민해 보면 좋겠다.

퇴사 말고 다른 방안이 있지는 않은지, 퇴사를 결정하기 전 생각할 시간이 더 필요하지는 않은지, 퇴사가 나에게 주는 의미가 무엇일지, 퇴사 후 나의 삶이 어떻게 변할 수 있는지.

이 모든 것들을 고려했고 고민했으며
그럼에도 퇴사를 선택하기로 마음먹었다면
그 선택을 진심으로 응원하며
그 선택이 당신에게 가장 좋은 선택이라 믿는다.
부디 당신을 위한 선택을 멋지게 할 수 있었으면 좋겠다.

일찍 그만두기에는 내려놓아야 할 게 많았다. 모든 사람들은 여러 가지 역할을 가지고 살아간다. 누군가의 딸 또는 아들로서의 역할, 부모로서의 역할, 여자친구 또는 남자친구로서의 역할, 개인 또는 사회적 지위로 인해서 오롯이 나의 아픔만을 바라볼 수 없게 된다. 여러 가지 가면을 쓰고, 여러 가지 역할을 하며 살아간다.

내가 회사를 다니는 일은, 20년간 고생하며 나를 키워주신 부모님께 예쁜 꽃과 같은 결실이라 생각해 내려놓기 어려웠다. 남자친구에게는 무능력한 여자친구가 되기 싫었고, 주변 사람들이 인정해 주는 회사를 놓치기 싫었다.

회사를 그만두는 일이 당시에는 모든 것을 내려놓는 일이라는 생각이 들었다. 아마 조금씩 상황은 다르지만 우울증을 겪고 있는 사람들의 대부분은 이렇게 역할을 내려놓지 못해 더 깊은 우울에 빠지게 된다는 생각이 든다. 그렇기에 나도 일찍 그만두지 못했다.

그렇다고 생각하지 않는다. 10년을 회사에 다니다가 그만둔 사람과 5년을 다니다가 그만둔 사람과 1년을 다니다가 그만둔 사람. 그 이유는 제각기 다르겠지만, 대개 좋지 않은 상황을 그 시간에 직면했기 때문이라는 생각이 든다. 즉, 정말 버티기 힘든 시기. 힘든 시간을 만난 시기가 달랐을 뿐이라고 생각한다. 그리고 동일한 상황이어도 아픔을 느끼는 정도가 저마다 다를 수 있다. 우리가 좋아하는 게 서로 다른 것처럼 우리가 힘들어하는 지점도 서로 다르기에.

나는 힘들고 아팠을 때 주변인들에게 말하지 못했던 것을 후회한다. 상담 선생님께서 말씀하셨다. 아프면 주위 사람들에게 아픔을 말하는 것이 큰 도움이 된다고. 그 이유는 주위 사람에게 말하면 그들이 내가 아픈 부분을 알고 있기 때문에 그 부분에 있어 조심하고 내가 마음이 불편하지 않게 배려하기 때문이다.

실제로 인간관계에서 우리는 상대를 기분 나쁘게 할

166

의도가 없었는데 나의 말로 상대는 마음이 상하기도 한다. 또는 상대도 나를 기분 나쁘게 할 의도로 말하지는 않았지만 내가 기분이 상하는 경우가 있다. 서로가 몰랐기 때문이 아닐까 생각한다. 내가 그 말을 하게 되면 상대가 얼마나 마음이 아프고 상처가 되는지….

그래서 나의 아픔을 얘기한다면 모두는 아니겠지만, 적어도 나를 소중히 여기는 사람들에게는 상처받지 않도록 배려받을 수 있다. 게다가 아무에게도 말하지 않는다면 외로움은 배가 된다. 우리가 힘들 때 정말 힘든 건 아무도 내 곁에 없다는 생각이 들 때 일지 모른다. 말하지 않으면 모른다. 입사 후 우울증이 찾아왔다면 주위 사람들에게 말하기를 추천한다.

인생에서 중요한 것과 중요하지 않는 것을 구분할 수 있는 지혜를 가져야겠다는 생각이 든다.

· 중요한 것:

나의 인생, 나의 행복, 나의 가족, 나의 미래.

· 중요하지 않은 것:

사람들의 험담, 남이 한 막말, 남들의 시선 등 주변인의 부정적인 영향.

나라에서 정한 '직장 내 괴롭힘'의 기준이 있다. 사용자 또는 근로자가 직장에서의 지위 또는 관계 등의 우위를 이용하여 업무상 적정 범위를 넘어 다른 근로자에게 신체적, 정신적 고통을 주거나 근무 환경을 악화시키는 행위다.

예전에는 신체적, 정신적 고통을 직접적으로 가하는 종류의 직장 내 괴롭힘이 많았다면 요즘은 유형을 정의하기 힘든, 고도화된 수법으로 많이 괴롭힌다고 한다.

정당한 업무 명령이라는 표방 하에 업무를 과중하게 부과한다던가, 직무의 수준을 떨어뜨려서 자존감을 회복하기 어렵게 만드는 것들, 이러한 방식들이 많이 쓰인다고 한다.

예를 들어, 혼자 할 수 없는 업무를 양적으로 한 달 안에 처리를 하라고 한다던가, 부서에서 밀려 있던 몇 년 치 업무들을 빠른 시일 내에 끝내라고 한다던가, 연구직으로 연구만 수행하는 사람들에게 창고 물류를 나르게 한다던가, 이런 것들도 모두 직장 내 괴롭힘에 해당한다고 한다. (출처: 김노무사TV 유튜브 김승현 노무사)

나는 이 모든 것들을 실제로 겪었고, 명백한 직장 내 괴롭힘이었지만 그때 당시 '직장 내 괴롭힘'에 대한 법이 없었을뿐더러(2019년도 7월 시행), 나 또한 그런 것들이 직장 내 괴롭힘에 포함될 수 있는지 전혀 알지 못했다.

그동안 아픈 마음으로 살아왔지만 요즘은
행복하다는 말을 나도 모르게 자주 내뱉는다.
살아가는 하루하루가 기적인 것 같다.
앞으로 더 많은 기적을 만나고 싶다.

우리는 모두 불행에서 벗어나

새롭게 살아도 된다.

처음부터 모든 걸 잘하는 사람은 없다.

우리는 '나만의 아름다운 인생'을

처음 살아가는 거니까

실수 앞에서 너무 오랫동안

울고 있지 않아도 된다.

민들레 홀씨의 의미

일러스트레이터 정다은 작가님과
디자인에 관한 이야기를 나누던 중
작가님께서 윤지비 작가님의 이야기가
민들레 홀씨를 닮았다고 하셨다.

민들레 홀씨를 후 불면
또 다른 작은 하나의 민들레 홀씨가
바람을 타고 자유롭게 날아가
새로운 곳에 정착하여 민들레 꽃을 피우듯이
윤지비 작가님도 아픈 상처 뒤에
자신과 맞지 않는 곳을 벗어나
자신만의 민들레 꽃을 피우며
살아가는 이야기가 닮아 있다고 하셨다.

너무 좋은 의미였고 그래서 고민 없이
책의 제일 앞 표지와 책장 곳곳에
민들레 홀씨를 그려 넣게 되었다.

자신과 맞지 않는 곳에서 힘들어하며
자유를 필요로 하는 누군가에게
이 책의 민들레 홀씨가
따뜻한 희망과 용기가 되었으면 좋겠다.

버티다 버티다
힘들면 놓아도 된다

초판 3쇄 인쇄	2020년 12월 29일
초판 1쇄 발행	2020년 12월 03일

지은이	윤지비
펴낸이	김동혁
펴낸곳	강한별 출판사

책임편집	김경은
기획팀	안서령

출판등록	2019년 8월 19일 제406-2019-00089호
주소	경기도 파주시 탄현 헤이리마을길 21-7 3층
대표전화	010-7566-1768
팩스	031-8048-4817
이메일	good1768@naver.com

ⓒ 윤지비, 2020

ISBN   979-11-967977-6-8 (03810)